ALCIONEE.

TRAGEDIE.

DE P. DV RYER.

A PARIS,
Chez ANTHOINE DE SOMMAVILLE, Au Palais,
dans la petite Salle des Merciers, à l'Escu de France.
M. DC. XXXX.
AVEC PRIVILEGE DV ROY.

A MADAME
MADAME
LA DVCHESSE
D'AIGVILLON.

ADAME,

I'ay toûjours apprehendé que

cet Ouurage ne ressemblast à ces peintures qu'il faut voir seulement de loing ; mais il semble que ie ne doiue plus douter de son merite, puis qu'il a pleu à son EMINENCE, & qu'apres luy auoir donné des loüanges, elle luy a donné vne place parmy les ornements de son Cabinet. Car si les moindres choses tirent leur estime de l'opinion des hommes, il ne faut point douter de leur prix quand elles sont estimées par le plus grand esprit de la terre. Ainsi, MADAME, si i'ay fait en tremblant le dessein de vous presenter ALCIONEE, ie l'execute auiourd'huy sans crainte. Et certes lors que ſon EMINENCE me fit l'honneur de me commander de luy porter cét ouurage, & de vouloir encore que ie luy en fiſſe la lecture apres l'auoir veu repreſenter tant de fois, ie crus qu'elle autoriſoit mon entrepriſe, & qu'elle me rendoit l'aſſeurance que la crainte m'auoit oſtée. D'ailleurs, MADAME, quand vous donniez à ce Poëme de ſi fauorables applaudiſſemens, il me ſembloit que vous luy donniez des beautez, & que vous le rendiez digne de vous eſtre offert. Vous vous laiſſaſtes toucher par l'auanture D'ALCIONEE, vous plaigniſtes ſon infortune, & qui

a pitié d'vn mal-heureux, ne mon-
tret-il pas clairement qu'il en veut
prendre la protection? Ne trou-
uez donc pas estrange que ie vous
en fasse ressouuenir, & que ie
cherche vn appuy que vostre
bonté sembloit m'offrir d'elle-
mesme. Comme vous auez cét
auantage de ne vous repentir iamais de vos iugemens, & qu'on
admire l'égalité de vostre ame
entre tant de vertus dont elle est
remplie; i'espere que vous ne
dédaignerez pas ce vous auez vne
fois approuué, que vous me con-
tinurez l'honneur dont vous auez
commencé de me fauoriser, &

qu'a tant de graces, qui sont aujourd'huy toute ma gloire, vous adiousterez la permission de me dire

MADAME,

Vostre tres-humble, & tres-obeïssant seruiteur,
DV RYER.

LES ACTEVRS.

LYDIE.	Fille du Roy de Lydie.
DIOCLEE.	Confidente de Lydie.
THEOXENE.	Fille d'honneur de Lydie.
ALCIONEE.	Amoureux de Lydie.
ACHATE.	Son Amy.
LE ROY de Lydie.	
ALCIRE.	Seigneurs de Lydie.
CALISTENE.	Seigneurs de Lydie.

La Scene est dans Sardis
Ville de Lydie.

ALCIONEE TRAGEDIE.

ACTE I.

SCENE PREMIERE.

LYDIE, THEOXENE, DIOCLEE.

LYDIE.

MOY, ie pourrois souffrir l'amour d'Alcionée!
Vn amour qui m'outrage, & qui m'a ruinée,
Qui declara la guerre à nos prosperitez,
Et qui n'est renommé que par des cruautez!
Moy, ie pourrois aymer cette Ame criminelle,
Que noircissent les noms d'ingratte, & de rebelle!

Qui mit le Roy mon Pere en butte à ſa fureur,
Et qui fit de ſon throſne vn theatre d'horreur!
L'eſclat qui l'esbloüit n'eſt pas en ma perſonne,
Il cherche mon Amour pour auoir ma Couronne,
Et c'eſt l'auoir chery, c'eſt l'auoir couronné,
Que de l'auoir haï ſans l'auoir ruiné.

THEOXENE.

Mais gardez d'irriter ce Guerrier indomptable,
Que ſon bras a fait grand & rendu redoutable,
Qui peut eſtre d'vn throſne, ou la baſe, ou l'effroy,
Et qui pour vaincre tout n'a beſoin que de ſoy:
Voyez iuſqu'où monta le feu de ſa colere,
Et par ce qu'il a fait iugez ce qu'il peut faire.

LYDIE.

Ie ſçay iuſqu'où monta le feu prodigieux
Qu'on veit ſortir des mains de cét audacieux,
Mais voy iuſqu'où l'ingrat ſceut abaiſſer mon Pere,
Et par ce qu'il a fait, voy ce que ie doy faire.
Songe à ſes cruautez, ſonge à ſon attentat,
Qui fit rougir de ſang la face de l'eſtat,
Et cherche dans le cours de tant de barbaries,
Si la moindre raiſon excuſe ſes furies.
Mon Pere le fit grand, & ſe rendit l'appuy
D'vne fauſſe vertu qui paroiſſoit en luy;
Mais cét audacieux, ce ſuperbe courage
Crût par tant de faueurs meriter dauantage,

Et sa presomption luy fit imaginer,
Qu'on ne luy donnoit rien qu'on ne dût luy donner.
Ie le voyois alors d'vn regard moins seuere,
Et i'estimois en luy ce qu'estimoit mon Pere;
Mais comme il estoit vain, orgueilleux indiscret,
Il crût que mon estime estoit vn feu secret,
Il le crût, il m'ayma, ses regards me le dirent,
Autant que ses deuoirs, ses discours me l'apprirent,
Et ce presomptueux osa bien faire voir,
Auec vn fol amour vn ridicule espoir.
Il me demande au Roy, tu sçais son insolence,
Mais le Roy condamna ceste haute arrogance,
L'insolent toutesfois fut traitté doucement,
Puis que du seul refus on fit son chastiment.
Loing de l'humilier, ce refus legitime
De la temerité le porta dans le crime,
L'arma contre son Prince, & fit iniustement
Vn rebelle sujet d'vn temeraire Amant.
Il se joint aussi tost aux Rois nos aduersaires,
Il sousleue aussi tost des peuples tributaires;
Et soit que le destin ce grand Maistre des Dieux,
Voulut par ce forfaict me le rendre odieux,
Soit qu'il voulust monstrer auec cette iniustice,
Que tousiours prés d'vn throsne il cache vn precipice,
Il presta sa faueur à d'iniustes desseins,
Et remplit de Lauriers de criminelles mains.
La victoire suivit le traistre Alcionée,
Mon Pere succomba sous cette destinée,

Et se veit pour tout bien reduit dans vn Chasteau.
Trop petit seulement pour luy faire vn tombeau:
Voy donc iusqu'où l'ingrat sceut abaisser mon Pere,
Et par ce qu'il a fait, voy ce que ie doy faire.
Remets deuant tes yeux tant de lieux desolez,
Tant de Palais destruits, tant de Temples bruslez,
Voy dans leur propre sang nos Prouinces plongées,
Voy cent belles Citez en Sepulchres changées,
Voy la flame, le meurtre, & voy de tous costez
Comme en vn autre Enfer regner les cruautez,
Compte en fin les forfaicts de ce cœur sanguinaire
Et par ce qu'il a fait, voy ce que ie doy faire.
Ie ne t'ay retracé son crime & mon tourment,
Que pour te faire voir que ie haï iustement.

THEOXENE.

S'il croit que vous l'aymez, & si durant nos craintes
Son amour abusé s'est nourry de vos feintes,
Pensez-vous qu'vn mespris en tout temps perilleux
Outrage impunément ce courage orgueilleux?
Voyez ce qu'vn refus a pû dessus son Ame,
Combien sur cet Estat il attira de flame,
Et pensez apres tout que sur les grands esprits
Vn refus agit moins que ne fait vn mespris,
Ne me soupçonnez pas de prendre sa querelle,
Et de defendre icy le party d'vn rebelle,
Ne me soupçonnez pas d'arrester vostre main,
Quand elle va punir ce courage inhumain,

Auecques

Helas quand ie repasse en mes tristes pensées
Auecques vos malheurs mes miseres passées,
Quand ie voy le tombeau qui renferme les miens,
Quand ie voy pour tout bien la cendre de mes biens,
Et que d'vne maison en gloire si feconde
Ie suis seule restée aux trauerses du monde,
Ie ne puis me forcer ny retenir ces pleurs
Que poussent par mes yeux de si fortes douleurs:
Ie souhaite, ie veux que vostre haine extresme
Vous porte à la vangeance & me vange moy-mesme;
Mais i'apprehende aussi qu'au lieu de vous vanger
Elle ne vous entraisne en vn nouueau danger,
Quoy qu'apres tant de maux, la haine vous inspire
Dissimuler encor c'est conseruer l'empire.

LYDIE.

Moy que ie dissimule, & que sans m'offencer,
Ie flatte vn ennemy, que ie puis abaisser!
Moy que par vne feinte en laschetez insigne
Du throsne qui m'attend ie me declare indigne!
Non non le ciel m'a mise en vn rang, dans vn point
Que l'on peut bien flatter, mais qui ne flatte point.
I'ay sçeu dissimuler, & i'ay sçeu me contraindre
Tandis que nos malheurs nous apprenoient à feindre,
Et que contre les maux qui trauersoient nos iours
La feinte seulement estoit nostre secours;
Enfin i'aymay la feinte, & i'en estois capable
Tant quelle fut pour nous vn vice profitable,

Mais la doy-je employer où ie voy clairement
Qu'elle ne peut seruir qu'a mon propre tourment?
Mais la doy-ie employer, & doy-ie en faire compte,
Où comme à mon tourment elle sert à ma honte?
On dit qu'Alcionée asseuré de ma foy
Ose encor auiourd'huy me demander au Roy,
Et sçachant ce dessein, qui m'est vn mal extresme,
Dissimuler encor c'est l'approuuer moy-mesme.
Le pourrois ie bien voir sur mon throsne appuyé
Luy qui n'est pas encor de mon sang essuyé?
Que ne puis-ie moy-mesme à sa perte animée,
Vanger de cét estat la grandeur opprimée,
Que n'est-il bien-seant, à mon sexe, à mon rang
De paroistre inhumaine, & de verser du sang,
Ma main contenteroit ce cœur qui dissimule,
Et contre ce Geant ie serois vn Hercule:
Ie me rendrois l'appuy de la gloire des Rois,
Ie vangerois le throsne ou bien ie perirois.

DIOCLEE.

Laissez faire le Roy.

LYDIE.

Le Roy mesme autorise
Où semble autoriser cette iniuste entreprise.
Vn rebelle ayme vn throsne, vn Roy l'y veut porter,
Et luy-mesme en descend pour l'y faire monter;
O Dieux! le souffrez-vous?

DIOCLEE.

Rendez vous en certaine
Deuant que de monstrer vne si iuste haine,
Si d'vn si fol amour il s'estoit détaché
Vostre hayne est vn feu qu'on doit tenir caché.

LYDIE.

I'empescheray du moins en la faisant paraistre
Qu'en ce cœur aueuglé l'amour puisse renaistre.

DIOCLEE.

Ce discours genereux, ce noble sentiment
Montre moins vos transports que vostre iugement.
De moy i'auois pensé qu'vn peu d'infference
Pouuoit seule estouffer cette haute esperance,
Et que pour rebuter de superbes esprits
Vne douce froideur peut autant qu'vn mespris:
Cette froideur instruit vne ame ambitieuse,
Mais la haine l'outrage & la rend furieuse,
Et c'est souuent vn trait qui ruine & qui perd
Et celuy qu'on attaque, & celuy qui s'en sert.
Ainsi i'ay tousiours crû qu'vne haine irritée
Doit estre aux grands desseins la derniere escoutée,
Et qu'on n'en doit vser, qu'en vne extremité
Où tout autre secours est vainement tenté
Mais toutes ces raisons sont raisons du vulgaire,
Vous sçauez mieux que nous ce que vous deuez faire,

Les Rois comme les Dieux tout-puissants icy bas
Ont tousiours des clartez que les autres n'ont pas.

LYDIE.

Non, non, ne pensez pas que ma foiblesse esclatte,
Que la haine m'emporte ou que mon rang me flatte,
Ny ma condition, ny mon ressentiment
Ne peuuent me porter iusqu'à l'aueuglement.
Ie hay, ie puis punir, mais ie suis equitable,
Ie me veux ressentir, mais ie suis raisonnable,
Et ie ne voudrois pas que ma haine, ou mon rang
Coustast à cét empire vne goutte de sang.
Taschez donc de sçauoir si ce cœur temeraire
Me considere encore ainsi que son salaire.

DIOCLEE.

Alcire auecques luy traite confidemment,
Il l'y faut employer.

LYDIE.

Voyez le promptement.

DIOCLEE.

Esperez tout Madame, & de ma diligence,
Et de la part qu'il a dedans sa confidence.

LYDIE.

Puis sur vostre rapport, & dessus vostre foy

Sans

Sans plus dissimuler i'iray parler au Roy.
Que fais-ie mal-heureuse? oubliray-ie qu'il aime? Lydie demeure seule.
Détruiray-ie vn Amant? me perdray-ie moy-mesme?
Mais languiray-ie aussi dans vne passion
Dont ie ne puis brusler qu'à ma confussion?
En chassant cét amour ie me faits violence,
Mais en le retenant ie trahis ma naissance,
I'expose enfin mes iours à des maux infinis,
Et quand ie le retiens, & quand ie le bannis.
Il n'importe, acheuons, esteignons cette flamme,
Où l'empeschons au moins de regner dans nostre ame;
Estouffons vn amour que l'honneur nous deffend,
Et puis qu'il faut souffrir, souffrons en triomphant.

SCENE II.

ALCIONEE ACHATE.

ALCIONEE.

NOn non, cette grandeur ce charme de tant d'ames,
N'est pas vn aliment, qui nourrisse mes flammes,
Non, non, ne pense pas que cette passion
Soit vn feu rallumé par mon ambition,
I'aimay, i'ayme Lydie, & cette amour extréme
Ne leue point les yeux iusqu'à son diadéme:

Elle a dans ses appas tout ce qui m'a tenté,
Et ie croy que le sceptre est sa moindre beauté.
Ainsi cette grandeur qui la rend adorable
N'est pas vne raison qui me la rende aymable,
Ces grands noms de Princesse, & de fille de Roy,
Ne sont pas des attraits, ny des charmes pour moy;
Elle attend de son Pere, vn sceptre, vne couronne,
Mais elle n'attend rien que cette main ne donne,
Mais elle n'attend rien d'vn Pere couronné,
Que cette mesme main n'ait quelquesfois donné.

ACHATE.

On sçait que vostre main heureusement hardie
A rendu la couronne au Pere de Lydie,
Mais si vous luy rendez vn throsne redouté,
Songez que c'est vn bien que vous auiez osté,
Et qu'on obserue icy cette iuste maxime
Que rendre est vn deuoir, & qu'oster est vn crime.
On sçait de tous costez qu'apres vn long effroy
Vous donnastes la paix aux prieres du Roy;
Mais ressouuenez vous qu'il vous l'a demandée,
Qu'en glorieux vainqueur vous l'auez accordée,
Et sçachez apres tout qu'vn Roy n'aime iamais
Quiconque l'a reduit à demander la paix:
Pouuez vous donc encor contre toute apparence
Auecque vostre amour nourrir quelque esperance?

ALCIONEE.

Que n'espere t'on pas des promesses d'vn Roy?

ACHATE.

Il s'en peut dispenser, ainsi que d'vne loy.
Il est vray que le Roy vous promit la Princesse,
Mais comment? & pourquoy fit-il cette promesse?
Dans ce gouffre d'horreurs où vous l'auiez ietté
Fut-ce luy qui promit ou la necessité?
Il voyoit l'estranger au sein de ses Prouinces,
Il auoit veu couler le sang de tous ses Princes,
Il voyoit sa grandeur, & son Empire à bas,
Il sçauoit que ses maux venoient de vostre bras,
Et pour ressusciter sa fortune mourante,
Selon vos passions il vous promit l'infante;
Iugez si dans l'excez de cette auersité,
C'est vn Roy qui promet, ou la necessité.
Pour voir à vostre amour cette Princesse acquise
Il falloit l'obtenir dés qu'elle fut promise,
Il falloit mieux conduire vn si noble dessein,
Il falloit l'espouser les armes à la main,
Et non pas tout d'vn coup comme par quelques charmes,
Contre vos protecteurs tourner vos propres armes,
Ny repousser des Rois qui vous eussent vangé,
Si d'vn second refus on vous eut outragé.

ALCIONEE.

I'ay monstré ma franchise.

ACHATE.

Et peu d'experience.

ALCIONEE.

Achate au moins i'ay plû par cette confiance.

ACHATE.

Il falloit plaire moins, & vous assurer mieux.

ALCIONEE.

Ie deuois obeyr à cét Arrest des Dieux:
Le reste est du destin. Mais i'apperçois Alcire.

SCENE III.

ALCIRE, ALCIONEE.

ALCIRE.

IE le trouue à propos, & comme on le desire.
Vous puis-ie dire vn mot?

ALCIONEE.

Vous le pouuez, sur quoy?

ALCIRE.

ALCIRE.

Mais. *Il monstre Achate.*

ALCIONEE.

Parler à nous deux ce n'est parler qu'à moy.

ALCIRE.

Empeschez que ces bruits ne courent dauantage.

ALCIONEE.

Que dites-vous? quels bruits?

ALCIRE.

D'amour, de mariage,
On dit parmy le peuple, on le dit à la Cour
Que l'infante est l'obiet que poursuit vostre amour.
On veut mesme aueugler le sage Alcionée
Iusqu'à luy faire attendre vn si haut hymenée,
On veut qu'il ait si peu de generosité,
Qu'il redemande vn bien dont il fut rebuté.
Songez à faire voir.

ALCIONEE.

Laisse laisse tout croire,
Ne te mesle de rien i'auray soin de ma gloire,

ALCIRE.

Mais ce bruit desia grand peut aller iusqu'au Roy.

D

ALCIONEE.

Le Roy n'en sçaura rien qu'il ne sçache de moy.
Pour obtenir vn prix où i'ay droit de pretendre,
Ie veux bien que ce bruit serue à me faire entendre.
Quoy, n'aymerois-ie pas, où l'on me l'a permis?
Quoy n'aymerois-je pas où le Roy m'a promis?

ALCIRE.

Ie croy que vostre amour est vne amour extresme,
Vne fille est aymable auec vn diadesme;
Mais ie crains que le Roy, de qui vous vous vantez,
Ne s'oppose luy-mesme à vos felicitez.

ALCIONEE.

La honte d'vn refus n'a rien que i'apprehende.

ALCIRE.

On doit l'apprehender tandis que l'on demande.

ALCIONEE.

Mon amour ne void rien qu'il doiue apprehender.

ALCIRE.

Vous voulez donc vous taire, & ne rien demander.

ALCIONEE.

Ne te trauaille point d'vne peur importune,

Et laiſſe à mon amour le ſoin de ma fortune.
Alcire le Roy m'ayme, & pour tout m'accorder
Il attend ſeulement que i'aille demander.

ALCIRE.

Icy de grands hazards precedent la victoire.

ALCIONEE.

I'ayme les grands hazards, qui menent à la gloire.

ALCIRE.

Mais dans ce haut deſſein iuſqu'où va voſtre eſpoir,
Vn ſceptre vous manquãt, vous manquez de pouuoir.

ALCIONEE.

Non, ie n'ay point d'Eſtats, ie n'ay point de Couronne
Que mon Pere me laiſſe, ou que le ſort me donne,
Mais apprends de ce bras, tout malheureux qu'il eſt,
Que qui peut en oſter en a quand il luy plaiſt.

ALCIRE.

Ie n'ignoray iamais qu'il n'eſt point de conqueſtes
Qui ne ſoient aux grands cœurs des faueurs toutes preſtes;
Le Ciel vous doit ayder, il ayde aux genereux.

ALCIONEE.

Nous perirons, Alcire, ou nous viurons heureux. Alcire ſe retire

SCENE IV.

ALCIONEE, ACHATE.

ALCIONEE.

ALcire enuiroit-il le bon-heur de ma vie

ACHATE.

Ie dirois par raison ce qu'il dit par enuie ?
Voyez si son discours peut donner quelque fruit
Et ne regardez pas au cœur qui l'a produit ;
Qu'il vienne d'vn vray zele, ou d'vn zelé hypocrite,
Que nous importe-t'il pourueu qu'il nous profite ?
Vn thresor, vn grand bien, n'est pas moins precieux
Pour venir d'vn endroit qui nous est odieux.
Icy pour vostre bien ie ne sçaurois rien feindre,
Vous esperez beaucoup, mais vous deuez plus craindre,
Ie sçay bien qu'on attaque, & qu'on blesse vn Amant,
Lors qu'on n'est pas d'accord auec son sentiment,
Mais ie sçay bien aussi qu'où le danger esclatte
Bien souuent on le tuë à l'instant qu'on le flatte.
Voyant donc maintenant où va vostre transport,
I'ayme mieux vous blesser que vous donner la mort.
Songez encor vn coup qu'vn Prince magnanime,
Fut de vos passions l'effroyable victime,

Songez

Songez encor vn coup qu'vn Monarque offencé
A veu par vos fureurs son throsne renuersé;
Et pensez apres tout qu'à ce Monarque mesme
Vous allez demander plus que son diadéme.
Enfin s'il vous refuse.

ALCIONEE.

On me traitera mieux,
Laisse moy pour le moins cét espoir glorieux.

ACHATE.

Vous ne songez donc pas que par vn sort estrange
Vous n'auez plus d'amis dont le cœur ne se change;
Qui vous ayma, vous hait; vn sort iniurieux
Conuertit vos amis en autant d'enuieux.
Quiconque vous ayda s'efforce de vous nuire,
Où l'on vous esleuoit, on tasche à vous destruire,
Et de la mesme main qui vous rendit vainqueur
Ie voy sortir le trait qui vous perce le cœur.

ALCIONEE.

Que des amis ingrats monstrent leur perfidie,
Achate il me suffit d'estre aymé de Lydie.
Serois-ie sans ardeur, où tout est enflammé?
Et n'aymerois-ie pas où ie me vois aymé?

ACHATE.

Si l'Estat si le Prince, à vostre amour s'oppose,

Qui pourra prés de luy soustenir vostre cause ?

ALCIONEE.

Mes grandes actions, mon courage, & ma foy
Seront les vrais amis qui parleront pour moy.

ACTE II.

SCENE PREMIERE.

LE ROY, LYDIE.

LE ROY.

Voy ma fille, est-ce à moy que vostre ame contrainte,
Doit cacher si longtemps la cause de sa plainte.

LYDIE.

Que ne pouuez vous voir sur mon front pallissant
Le funeste sujet d'vn trouble si puissant,
Pour le moins mon silence aujourd'huy necessaire
Retiendroit vn discours peu capable de plaire,
Et me deliureroit de ce nouueau tourment
D'opposer ma parole à vostre sentiment.
Mais peut-estre est il vray que pour sauuer l'Empire
Quelque Dieu m'inspira ce que ie crains de dire,
Et que ce haut destin qui protege les Roix
Veut pour vostre grandeur se seruir de ma voix.
Il faut donc passer outre, il faut que ie m'exprime

Que par vostre interest ma parole s'anime,
Et que ie parle icy d'autant plus librement
Qu'e c'est pour soustenir vostre honneur seulement.
Non, non, ne pensez pas qu'vne hayne obstinée
Me rende inaccessible aux vœux d'Alcionée,
Et que mon sentiment s'oppose à son espoir
Si vostre volonté luy permet d'en auoir.
Bien qu'il sorte d'vn sang, qu'il soit d'vne naissance
Où l'on n'est destiné que pour l'obeyssance,
Bien qu'il n'ait rien de grand que cette cruauté
Qui d'vn throsne pompeux vous a precipité,
Bien que les actions de cette ame inhumaine
Me doiuent iustement inspirer de la hayne,
Fallut-il me gesner, fallut-il me trahir,
Ie suis preste à l'aymer s'il faut vous obeyr.
I'adoreray cette ame & si basse & si noire
Si c'est vostre desir, si c'est pour vostre gloire,
Et de peur de deplaire à qui ie doy ceder,
Ie deuiendray captiue où ie doy commander.
Mais pourrois-ie penser qu'vn Roy si magnanime
Voulut en ce cruel recompenser le crime?
Qu'vn Roy si genereux & si loing du danger
Caressast l'ennemy dont il peut se vanger?
Qu'vn Roy mesme oubliant son auguste famille,
A son propre bourreau voulut donner sa fille?
Et qu'en vn mesme temps vostre facilité
Mit le sceptre en la main qui vous l'auoit osté?
Aurois-ie à vostre honneur vn penser si contraire?

L'aurois

L'aurois-ie de mon Roy? l'aurois-ie de mon pere?
Vn monarque si grand oubliroit-il son rang?
Vn Pere si sensible oubliroit-il son sang?
Si ce cruel autheur des miseres communes
Ne pût me posseder durant nos infortunes,
Durant que des malheurs, dont l'on doit l'accuser
Vous mettoient en estat de ne rien refuser,
Maintenant que du Ciel l'ordonnance fatale
Rend à vostre vouloir vostre puissance esgale,
Le traistre obtiendra-t'il pour s'estre reuolté
Ce qu'il n'obtiendroit pas pour sa fidelité?
Que la rebellion sera charmante & belle,
Si mesme vos faueurs esleuent le rebelle!
Et qu'elle infectera de coupables esprits,
Si mesme leurs fureurs trouuent chez vous vn prix!
Ainsi ce furieux fait des vœux detestables,
Il croit que ses forfaits luy seront profitables,
Il regarde le throsne où l'on vous void monter,
Comme vn biẽ qu'il vous laisse & qu'il peut vous oster:
Bref ce n'est pas assez que son Roy luy pardonne
S'il ne luy donne encor sa fille & sa Couronne.
Ha Sire, ce penser me fait fremir d'horreur,
Et si i'ose le dire il m'emplit de fureur.
Que croiroit l'Vniuers apres cet hymenée,
Qu'attend auec orgueil l'ingrat Alcionée?
Ne penseroit-on pas que la peur, & l'effroy
Vous ont fait d'vn rebelle accepter cette loy?
Qu'à son ambition vostre crainte me donne?

Que vous m'abandonnez pour garder la Couronne?
Et qu'enfin d'vn ſujet tout noircy de forfaits
Aux deſpens de l'honneur vous rachептez la paix?
Pardonnez mon transport qui va iuſqu'à l'audace,
Eſtant formé pour vous, il merite ſa grace,
Il combat ſeulement contre vos ennemis,
Et ie croy qu'eſtant iuſte il eſt auſſi permis.

LE ROY.

Ie ſçay qu'en voſtre cœur la hayne eſt legitime,
Que par elle pour moy voſtre zele s'exprime,
Et que ie dois aymer ce noble mouuement
Tout contraire qu'il eſt à noſtre ſentiment:
Mais celle qui pretend au rang de ſouueraine
Doit plus ſonger aux ſiens qu'à contenter ſa hayne;
Et ſi ſa paſſion ne peut ayder l'eſtat,
Elle doit l'eſtouffer ainſi qu'vn attentat.
Il eſt vray qu'autrefois cette terre eſtonnée
Entre ſes ennemis comptoit Alcionée,
Et que durant ce temps vn courage ſi haut
Ne ſembloit meriter qu'vn infame eſchaffaut;
Mais depuis que chez nous mes ſoings le ramenerent,
Et que pour cét eſtat les ſiens ſe rallumerent,
Quelques grands chaſtimens qu'il ayt pû meriter,
Ses grandes actions ont ſçeu l'en rachepter.
Ce n'eſt pas toutesfois que i'approuue vne audace,
Qui pourroit iuſtement luy cauſer ſa diſgrace,
Et ie ne puis penſer qu'vn temeraire amour

Le rende vne autrefois la fable de ma Cour.

LYDIE.

C'eſt toutesfois vn bruit qu'il confirme luy-meſme.

LE ROY.

On vous trompe, ma fille, & ie ſçay ce qu'il ayme.
Il ayme cet Eſtat, non pour le poſſeder,
Mais afin que ſon bras vous le puiſſe garder;
Et quoy qu'il entreprenne, & quoy que l'on en penſe,
La gloire eſt ſon amour, comme ſa recompenſe.
Toutesfois s'il eſt vray, qu'au meſpris de mes loix
Vn ridicule amour l'aueugle vne autrefois,
Ie luy feray ſentir qu'il eſt vn temeraire,
Que c'eſt par cet amour qu'il a ſçeu me deplaire,
Et qu'il eſt rare enfin qu'vne temerité
Reüſſiſſe deux fois auec impunité.
Allez, ma fille, allez; Alcire, & Calliſthene
M'en viennent apporter la nouuelle certaine,
Ils ont ordre de moy d'obſeruer ſes diſcours,
Ses deſſeins, ſon eſpoir, ſa hayne, ſes amours.

SCENE II.

LE ROY, CALLISTHENE, ALCIRE.

LE ROY.

Cette ame est elle encor en son mal obstinée?
Enfin a-t'on pû voir où tend Alcionée?

CALLISTHENE.

Sire, il tend à l'Empire, & n'a point de dessein
Qui ne promette vn sceptre à sa superbe main;
Pourroit-il aspirer iusqu'à vostre alliance
Sans aspirer aussi iusqu'à vostre puissance?
Vos Royales faueurs ont fait sa vanité,
Et sont les alimens de sa temerité.

LE ROY.

Il nourriroit encor des feux illegitimes!
Donc le pardon d'vn crime, augmenteroit ses crimes!
Et son ambition m'oseroit menacer,
Quand i'ay la foudre en main toute preste à lancer!
Non, non, ie ne croy pas que cette ame indomptée,
Soit iusqu'à cét orgueil vne autrefois montee,
Depuis qu'il est rentré dans mon affection,
Son deuoir sert de regle à son ambition.
Les seruices qu'il rend nous doiuent faire croire,

Qu'il

Qu'il fait de son deuoir son plaisir & sa gloire,
Et quand ie voy les biens, qu'il apporte à l'Estat
Ie pense auoir songé son premier attentat.
Mais quand il aymeroit en seroit-il coupable?
Pour estimer Lydie en est-il condamnable?
Et contre ce grand cœur dois-ie armer mon pouuoir
S'il veut se contenter d'vn amour sans espoir?

ALCIRE.

Non, Sire, c'est en fin sa moindre recompense
D'auoir la liberté d'aymer sans esperance;
Mais l'amour nous aueugle, & contre tout deuoir
Quiconque à de l'amour à bien tost de l'espoir.
Ie suis certes fasché, qu'vn si noble courage
A sa confusion en rende tesmoignage,
Ie souffre de sa faute, & ce m'est vn tourment
D'accuser vn amy de cét aueuglement;
Mais de peur que ce mal qui peut faire vn rebelle
N'estende plus auant sa racine mortelle,
Ie doy le découurir, & croy qu'il est permis
Pour bien seruir son Roy d'oublier ses amis.
Il ayme donc l'infante, il l'adore, il l'espere,
Et malgré nos Raisons son amour perseuere;
Il s'est mesme vanté que pour la posseder
Il ne luy coustera que de la demander.
Et quand i'ay combattu cette haute arrogance,
Quand i'ay dit qu'vn estat manquoit à sa naissance,
Les sceptres, m'a-t'il dit, sont au dessous de moy,

Et qui peut en oster est au dessus d'vn Roy.
Iugez si ce discours est l'image d'vne ame,
Qu'vn dessein vertueux puisse exempter de blasme,
Qui fasse de vos loix tous ses contentemens,
Et de qui le deuoir regle les mouuemens.
Il s'esleue, il s'enflamme, il menace, il dedaigne,
Cependant qu'il espere il veut que l'on le craigne,
Et sa presomption est vn signe apparant,
Qu'il ayme le forfait, qui peut le faire grand.

LE ROY.

Il veut donc me forcer d'vser de ma puissance,
D'vn amour odieux il passe a l'insolence,
Et croit peut-estre encore a ma confusion,
Passer de l'insolence à la rebellion.
Il ne se souuient plus que l'horreur de son crime,
Peut rendre contre luy tout excez legitime;
Il ne se souuient plus, cet esprit insensé,
Qu'au lieu de le punir ie l'ay recompensé,
Donc ma bonté l'aueugle, & fomente en son ame
Tout ce qui me déplaist, & tout ce que ie blasme.
Ha qu'vn Roy trop clement se prepare d'ennuy!
Que le pardon qu'il donne est dangereux pour luy!
Que la clemence mesme est souuent criminelle
Quand elle efface vn crime, & pardonne au rebelle!
Mais qu'il ayme, qu'il ayme, & fasse des forfaits
Autant que son amour peut faire de souhaits,
Si i'ay pû l'esleuer, ie sçauray bien l'instruire

Que le mesme pouuoir sçait bastir & destruire.

ALCIRE.

Le voicy.

LE ROY.

Qu'il approche, il le faut escouter,
Et s'il va trop auant, nous sçaurons l'arrester.

SCENE III.

ALCIONEE, LE ROY.

ALCIONEE.

COmblé de vos faueurs ie sçay bien que l'enuie
Attaque esgallement & ma gloire & ma vie,
Et sçachant le pouuoir & les iniustes droits
Que ce pasle Demon vsurpe aupres des Rois,
Je craindrois d'approcher de ce throsne adorable,
S'il n'estoit occupé par vn Prince equitable.
Ainsi vostre iustice est le bras glorieux,
Qui soustient mon party contre mes enuieux,
Elle rend à mon cœur sa premiere assurance,
Elle chasse la peur d'auec mon esperance,
Et me permet encor de m'approcher de vous,
Auec ce mesme espoir qui fait tant de ialoux.
Pourquoy craindrois-ie aussi que leur main triõphante
Derobast à mes vœux vne si belle infante?

Vous me l'auez promise ; & s'il est vray qu'vn Roy
Se fait de sa parole vne puissante loy,
Que n'attendrois-ie pas du Roy le plus auguste,
Qui ioigne à sa grandeur le beau tiltre de iuste?
Donc si mes ennemis condamnent mon espoir
Et pour le ruiner assemblent leur pouuoir,
Ie n'opposeray rien contre leur violence,
Vostre seule promesse est icy ma deffence,
Ie diray seulement s'ils osent murmurer,
Vn grand Roy qui promet, commande d'esperer.
Ainsi i'espereray malgré ces ames basses,
Qui fondent leurs plaisirs sur nos seules disgraces,
Et pour confondre enfin de si grands ennemis,
Ie diray seulement que mon Roy m'a promis.

LE ROY.

Soyez en vos desseins plus iuste & plus modeste,
Quand l'espoir est trop haut il est souuent funeste.
Escoutez vous encore vn amour furieux
Qui vous nuit, qui vous perd, qui vous rend odieux?
Voulez vous mon estat? voulez vous ma Couronne?
N'estes-vous pas content du rang que ie vous donne?
C'est là que vos desirs se doiuent arrester,
Et passer plus auant c'est vous precipiter.
I'ay de vostre grandeur esleué l'edifice,
Gardez que vostre amour n'en soit le precipice,
Qu'il n'esloigne de vous & mon cœur & mes soings,
Et qu'en esperant trop vous ne possediez moins.

Me

Me demander ma fille ! ha, c'eſt trop entreprendre,
Et trop peu l'eſtimer que d'oſer y pretendre.

ALCIONEE.

Ie ſçay bien que mon ſort n'eut iamais de clairté
Qui ne fut vn rayon de voſtre Majeſté ;
Ie ſçay bien que des Cieux la puiſſance fatale
Rend à voſtre Grandeur ma fortune ineſgale ;
Ie ſçay bien que Lydie eſt aſſiſe en vn rang,
Où n'arriua iamais perſonne de mon ſang :
Mais depuis cét inſtant qu'vne ſainte promeſſe,
Permit à mon amour d'eſperer la Princeſſe,
Ie croy ſans m'eſbloüir regarder ce Soleil,
Et par voſtre promeſſe eſtre fait ſon pareil.

LE ROY.

Songez vous ſans horreur à des iours ſi funebres,
Que vos ſeuls attentats couurirent de tenebres ?
Et pouuez vous penſer que ie vous ay promis,
Sans penſer aux forfaits que vous auez commis ?
Sans craindre en meſme temps l'effroyable iuſtice,
Qui doit aux attentats l'exemple du ſupplice ?
Ne vous ſouuient-il plus des deſordres paſſez ?
Ne vous ſouuient-il plus de les auoir cauſez ?
Oſez-vous demander le loyer d'vn outrage ?
Et penſez vous qu'on doiue où la contrainte engage ?
Par vos laſches deſſeins accablé d'ennemis,
Et craignant pour mon peuple, il eſt vray, i'ay promis,

Mais de cette promesse autrefois necessaire,
N'attendez point d'effet qui ne vous soit contraire;
Pour le bien de l'estat ayant sçeu l'auancer,
Pour le bien de l'estat ie puis m'en dispenser.
Changez donc en respect des flammes insensées,
Que cette ambition sorte de vos pensées;
Enfin n'esperez plus, les throsnes sont des Cieux
Où ne doiuent monter que des Rois ou des Dieux.

ALCIONEE.

S'il faut par des Estats meriter la Princesse,
Le soleil n'en void point, où mon bras ne s'adresse.
Cet œil qui va par tout, n'en void point de si forts
Où vos commandemens ne portent mes efforts,
Et d'où malgre le sort mes armes fortunées
N'amenent en vos fers des testes couronnées.
Pourueu que m'esleuant entre les Potentats,
Sous mon autorité ie range des Estats,
Pourueu qu'à mon destin ie ioigne vne couronne,
Qu'importe que mon Pere ou ma main me la donne?
Animez donc ce cœur, commandez que ce bras
Ou pour vous ou pour moy conqueste des estats,
Et lors ie donneray de glorieuses marques,
Que qui peut en gaigner est du sang des Monarques,
Se mettre au rang des Rois, ne le deuoir qu'à soy
N'est pas moins glorieux que de sortir d'vn Roy.

LE ROY.

J'estime comme vous vne ame non commune

Qui tient de sa vertu des dons de la fortune,
Et ie ne doute point que vos puissantes mains
Ne changent en effets vos illustres desseins:
Mais quoy que vous puissiez, des victoires si grandes
Deuoient pour vostre bien preceder vos demandes.
Aprenez toutefois qu'à mon cœur, qu'à mes yeux
Vn estat vsurpé n'est qu'vn bien odieux.
Vostre bras dites-vous gaignera la Couronne,
Mais peut elle estre à nous quand le crime la donne?
Vn temeraire amour vous donne-t'il des droits,
Sur les successions des legitimes Rois?
Vous est-ce vne raison de troubler des Prouinces,
D'attaquer sans respect la majesté des Princes,
Et de porter les mains sur vne autorité,
Où vous ne monteriez que par la cruauté?
Quoy d'amant trop aueugle & peut-estre coupable
Vous vous rendrez encor conquerant detestable!
Non, non, ne pensez pas qu'en ce dereglement,
I'ayme vn vsurpateur plus qu'vn aueugle Amant.

ALCIONEE.

He bien, i'iray chercher ces Rois illegitimes,
Dont la fiere grandeur est l'effet de leur crimes,
Et que mille attentats cruellement commis
Rendent des autres Rois les communs ennemis.
Ainsi ne m'attaquant qu'à de coupables testes,
Ie ne puis obtenir que de iustes conquestes;
Et si chacun a droit de chasser les Tyrans

Auray-je vn rang iniuste entre les conquerans ?

LE ROY.

Quand vous seriez vainqueur d'autant de Tyrannies
Qu'en peuuent enfanter de brutales manies,
Quand par l'heureux effort de vos seules vertus
On verroit sous vos pieds cent Tyrans abatus,
S'il'esprit de Lydie à vos vœux est contraire
Deuez vous souhaiter vn si triste salaire?
Et quand à vostre amour on la destineroit,
Pourriez vous rechercher vn cœur qui vous fuiroit?

ALCIONEE.

Que ne m'est-il permis apres vostre promesse,
De choisir pour mon iuge vne grande Princesse,
Que n'y consentez vous, que n'estes vous d'accord
Qu'elle soit auiourd'huy l'arbitre de mon sort.

LE ROY.

Apres mille faueurs qui passent vostre attente
Dont l'ambition mesme auroit esté contente,
Voyez l'infante, allez, sçachez son sentiment
Icy ie me soubmets à son consentement.
Estes-vous satisfait croyez vous qu'on vous ayme ?

ALCIONEE.

I'ay tout ce que ie veux, mon bon-heur est extreme.

Amour

Amour tantost propice, & tantost rigoureux,
Est-il sous ton Empire vn Amant plus heureux? Il demeure seul.
Si ie suis ton captif, mon seruage m'honore,
Vne Princesse m'ayme, autant que ie l'adore;
Et puis ie desormais esperer vainement,
Si mon bon-heur consiste en son consentement?

SCENE IV.

ALCIRE, CALISTHENE, ALCIONEE.

ALCIRE.

C'Est par cette action qu'vn si sage Monarque
Donne de sa iustice vne eternelle marque;
C'est par le successeur qu'il se veut designer,
Qu'il se monstre auiourd'huy plus digne de regner.
Mais à quelque degré de grandeur & d'estime
Où vous puisse porter vn Roy si magnanime,
Sa Iustice feconde en mille heureux effets
Vous y mettra plustard que n'ont fait noz souhaits,

ALCIONEE.

Ie n'ay iamais douté de cette pure flame
Que mes seuls interests allument dans vostre ame;
Ie sçay que vos esprits genereux & constans,
Ne peuuent s'infecter par les vices du temps:

Aussi ne fais-ie estat de ma bonne fortune,
Que pour la voir vn iour auecques vous commune,
Et lors que mon destin cesse de me troubler,
Ie n'en veux des biens faits que pour vous en combler.
Mais ma prosperité n'est pas tant affermie,
Qu'elle ne craigne encore vne atteinte ennemie,
Ie trouue aupres des Roys chaque instant hazardeux,
Et c'est bien s'asseurer que de craindre aupres d'eux.
I'ay donc besoin d'amis, de qui la main puissante
Soustienne aupres du Roy ma fortune naissante,
Et ie les trouue en vous, ces amis genereux,
Dont la seule amitié pourroit me rendre heureux.

CALISTENE.

Que redouteriez-vous?

ALCIONEE.

Cette maudite enuie,
Qui s'attaque tousiours à la plus belle vie.

ALCIRE.

Que ce monstre paroisse, En fin nous ferons voir
Que la vraye amitié n'est iamais sans pouuoir:
Esperez tout de nous, & selon vostre attente.

ALCIONEE.

Reuoiez donc le Roy, moy ie verray l'Infante.

ACTE III.

SCENE PREMIERE.

LYDIE seule.

STANCES.

V'ay-ie fait, qu'ay-ie resolu?
Et dedans mon ame incertaine
Qui sera le plus absolu,
Ou de l'amour, ou de la hayne?
Mais doy-ie encore consulter
Apres que l'on ma vû tenter
Tout ce que peut vn aduersaire?
Orgueil, honneur, cruelle loy,
Doy-je tout faire pour vous plaire,
Ne doy-je rien faire pour moy?

I'ayme, & par vn destin nouueau
I'ay parlé contre ce que i'ayme;
Ie le voudrois voir au tombeau,
Ie voudrois qu'on m'y vid moy-mesme;
Estrange effet de ce deuoir,
De ce tyrannique pouuoir

Qui nous gourmande, & qui nous braue!
Hà! pour te monſtrer genereux,
Triſte cœur, orgueilleux eſclaue,
Dois-tu te rendre mal-heureux?

Non, non, ſuiuons vn autre objet,
Que l'amour, que ma flame viue;
Mais ay-meray-ie mon ſubiet,
Et me rendray-ie ſa captiue?
Mais pourquoy ne puis-ie l'aymer?
Pourquoy ne peut-il m'enflammer?
S'il ne regne, il en eſt capable;
Aymons donc, ſuiuons cette loy,
La Vertu n'eſt pas moins aymable
Dans vn ſubjet que dans vn Roy.

Iniuſtes & laſches deſſeins!
N'eſt-ce pas ce ſubjet rebelle
Qui iuſques aux lieux les plus ſaints
A porté ſa main criminelle?
Aymerons-nous vn furieux?
Vn ſubjet ſi pernicieux,
Qui de ſon Roy fit ſa Victime!
Hayſſons, c'eſt trop combattu,
Icy mon amour eſt vn crime,
Et ma hayne eſt vne vertu.

O Dieux qui connoiſſez.

SCENE.

SCENE II.

DIOCLEE, LYDIE.

DIOCLEE.

Madame, Alcionee
Demande à vous parler.

LYDIE.

Ha que ie ſuis geſnee!
Qu'il entre; toutesfois.

DIOCLEE.

C'eſt de la part du Roy.

LYDIE.

Qu'il entre. Que feray-ie? ô Dieux inſpirez moy,
I'eſpere en voſtre appuy, ie crains en ma foibleſſe,
Ne m'abandonnez point.

SCENE III.

ALCIONEE, LYDIE.

ALCIONEE.

En fin, belle Princeſſe,
A tant de triſtes iours, de peine & de tourment,
Ie verray ſucceder vn bien-heureux moment.

Si i'ay dit iusqu'icy, i'ayme, ie perseuere,
Aujourd'huy plus heureux, ie puis dire, I'espere.

LYDIE.

Comment?

ALCIONEE.

Le Roy consent à mes felicitez,
Et ie dois estre heureux si vous y consentez:
Il promet à mes vœux vne diuine Infante,
Mais pour me la donner il veut qu'elle y consente:
Ainsi pour augmenter les biens que ie reçoy,
Il veut que ce soit vous, qui vous donniez à moy.

LYDIE.

Ie ne suis pas à moy, pour me donner moy-mesme,
Ie despens d'vn pouuoir legitime & supresme:
Mais si le Roy consent à vos felicitez;
Vous possedez desia ce que vous souhaitez.
Ie ne murmure point, sa main est souueraine,
Qu'il me rende sujette, ou qu'il me fasse Reyne,
On me verra contente, & sans luy resister
D'vn pas indifferent, ou descendre, ou monter.

ALCIONEE.

Que vous chassez de maux auec vne parole!
Qu'elle brise de fers! & qu'elle me console!

Croirois-je iniustement qu'vn bien si precieux
Iusques dedans le Ciel me fait des enuieux?
En fin vous consentez,

LYDIE.

I'obeys, c'est tout dire.

ALCIONEE.

Que de nouueaux plaisirs vont suiure mon martyre,
Et que vous adioustez à mon contentement,
Si vostre obeïssance est vn consentement!

LYDIE.

Pourueu que vostre amour si long-temps condamnee,
Apres tant de trauaux soit en fin couronnee,
Pourueu qu'à vostre espoir succedent des effets
Fauorables, heureux, & selon vos souhaits,
Qu'importe à vos plaisirs qui leur donne naissance,
Ou mon consentement, ou mon obeïssance.

ALCIONEE.

Par le consentement nostre amour se fait voir,
Et par l'obeïssance on monstre son deuoir.
L'vn est libre & sans fard, l'autre est souuent forcee,
Et souuent vn effet contraire à la pensee.
Toutesfois il n'importe, & i'ayme heureusement
Si l'on vous void au moins obeïr librement.
Mais que diray-ie au Roy?

LYDIE.

Qu'il fasse, qu'il projette;
Qu'il est Roy, qu'il est pere, & que ie suis subjette.

ALCIONEE.

Ie vay le voir, Madame.

LYDIE.

Allez. Qu'en croirons-nous?
Le Roy (nous at-il dit) plus facile & plus doux,
Consent à son Amour! ô Dieux qu'elle nouuelle!
M'est-elle fauorable, ou m'est-elle cruelle?
Le Roy contre soy-mesme aujourd'huy reuolté
Suiuroit-il vn dessein qu'il auoit detesté?
Feroit il d'vn subjet, vn Prince legitime?
Couronne t'il l'amour qui luy sembloit vn crime?
Me ferat-il des loix qu'il deuroit abhorrer?
Me commanderat-il pour se des-honorer?
Et moy-mesme aujourd'huy de ma gloire ennemie,
N'obeiray-ie en fin que pour mon infamie?
Pour aymer mon subiet, pour en faire mon Roy,
Et dependre d'vn bras qui dependoit de moy.
Helas! que de combats se donnent dans mon ame!
Que i'y porte de fers, que i'y porte de flame!
Que le repos est loing de mes sens agitez!

SCENE.

SCENE IV.

DIOCLEE, LE ROY, LYDIE.

DIOCLEE.

VOicy le Roy qui vient.

LE ROY, parlant à sa suitte, & à Dioclée.

N'entrez pas; vous, sortez.
Vous est-il venu voir?

LYDIE.

Qui Sire?

LE ROY.

Alcionée.

LYDIE.

Il sort,

LE ROY.

A son amour il vous croit destinée,
Et ie ne doute point que vous n'ayez fait voir
Ce que peuuent sur vous l'honneur & le deuoir.

LYDIE.

Sire, vos volontez, contraires ou propices
Feront incessamment mes loix & mes delices;
C'est en obeissant que ie croy faire voir
Ce que peuuent sur moy l'honneur & le deuoir.

Vous consentez enfin que cét Amant espere,
Et moy sans murmurer i'obeïs à mon pere ;
Ne croyant pas faillir d'obseruer vne Loy,
Qu'on me fait receuoir & d'vn pere & d'vn Roy.

LE ROY.

Comment ! que dites vous ? & que pensez vous faire?

LYDIE.

Suiure vos volontez, obeïr, & vous plaire.

LE ROY.

Me plaire ! en escoutant des amours detestez.

LYDIE.

Ie doy les escouter, si vous les escoutez.

LE ROY.

Oublirez vous le rang où vous met la Couronne ?

LYDIE.

Ie pourray l'oublier, si mon Roy me l'ordonne.

LE ROY.

Moy ie consentirois à ces indignitez !

LYDIE.

Moy i'y consentiray, si vous y consentez.
Sire, m'esprouuez vous ? & croyez vous encore

Qu'obeïr sans murmure est vn art que i'ignore ?

LE ROY.

Non, non; mais pour vn Trosne vn subiet est trop bas,
Vous deuez le sçauoir.

LYDIE.

Ne consentez vous pas.

LE ROY.

Oüy, i'ay pû consentir qu'vn subiet temeraire,
Et digne d'vn supplice, esperast vn salaire;
Mais si i'ay consenty, ie l'ay fait seulement
Pour vous voir resister à ce consentement:
I'attendois cét effet de cette noble haine
Qui vous rendoit pour luy iustement inhumaine.

LYDIE.

Ce grand & iuste effet vous auroit contenté,
Si i'eusse en ce dessein suiuy ma volonté.
Donnez moy seulement le pouuoir de combattre,
Ie n'ay rien esleué que ie ne puisse abattre,
Et ma seule rigueur paroissant à son tour
Destruira d'vn seul trait & l'Amant & l'Amour.

LE ROY.

Ie vous donne sur vous vne entiere puissance,
Ie vous dispense encor de vostre obeïssance,
Et i'aime mieux vous voir resister noblement

Que de vous voir enfin obeïr lafchement:
Faites voftre deuoir, monftrez vous Souueraine,
Songez qu'il eft fubiet, & que vous eftes Reine.

LYDIE feule.

Ne deliberons plus, & fans autre propos
Donnons tout à la gloire, & rien à mon repos.
Contentons auiourd'huy l'orgueil d'vn Diadefme
Qui ne vaut pas la Paix, que ie m'ofte moy mefme;
Et pour me faire voir digne d'vne grandeur
Qui mefle tant d'ennuis auec tant de fplendeur,
Par vne cruauté que i'ay defia blafmée,
Monftrons nous malgré nous indigne d'eftre aimée.
Faifons nous vn deftin plein d'horreur & d'effroy,
Mais voicy cét Amant.

SCENE V.

LYDIE, ALCIONEE.

LYDIE.

AVez vous vû le Roy?

ALCIONEE.

On le croyoit icy; i'y reuenois Madame,
Pour luy voir confirmer le repos de mon ame.
Vous pouuez cependant eftouffer mes fouspirs,
Vous fçauez fes deffeins, vous fçauez fes defirs,
Il vous

Il vous donne vn pouuoir qui vous rend Souueraine,
Donnez donc vn Arrest qui finisse ma peine.

LYDIE.

Sçauez vous que ce cœur est iuste & genereux?

ALCIONEE.

C'est ce qui me doit mettre au rang des plus heureux.

LYDIE.

C'est ce qui doit apprendre aux ames temeraires,
Que de trop grands desseins leur sont tousiours contraires.
Craignez craignez enfin, vn pouuoir absolu:
N'aimez plus, croyez moy.

ALCIONEE.

Qu'auez vous resolu?

LYDIE.

Desirez vous sçauoir ce que i'ay dû resoudre?
Regardez cét Estat, mis en feu, mis en poudre,
Voyez nos maux passez, voyez vos actions,
Et vous sçaurez alors mes resolutions.

ALCIONEE.

A ce nouueau discours, ie ne puis rien comprendre.

LYDIE.

Consultez vos forfaits, ils me feront entendre.

Celuy qui de mon Throsne a voulu me chasser
Demande insolemment que i'aille l'y placer!
Iugez sans vous flatter, & d'vne ame plus saine,
Si ie doy de l'Amour à ces marques de haine;
Et s'il est iuste enfin, apres tant de trauaux
De donner ma Couronne à l'autheur de mes maux.

ALCIONEE.

N'estes vous pas encor cette Princesse mesme
Qui permit l'esperance à mon Amour extresme?
N'estes vous pas encor cette Diuinité
Qui sembloit me conduire à ma felicité?

LYDIE.

N'estes vous pas encor ce mesme Alcionée
Qui fit trembler vn Throsne où ie suis destinée?
N'estes vous pas encor ce rauisseur d'Estats,
Qui ne s'est signalé que par des attentats?
N'estes vous pas encor ce funeste aduersaire,
Que i'ay vû trauailler au tombeau de mon Pere?
Moy, ie vous aimerois! non, non n'attendez pas
Que le Tyran des miens ait pour moy des appas.
Voulez vous voir enfin vostre Amour couronnée?
Cessez d'auoir esté le traistre Alcionée.
Voulez vous plaire enfin, à mon œil offencé?
Faites plus que les Dieux, reuoquez le passé.

ALCIONEE.

En quel gouffre de maux est mon Ame plongée?
O Dieux, quel changement!

LYDIE.

Ie ne suis point changée.
La haine est dans mon cœur vn vieux ressentiment,
De qui vos attentats sont le commencement.
Non, ie n'ay point changé ie suis tousiours la mesme,
Tousiours preste à vanger l'honneur du Diadesme:
Non, ie n'ay point changé, mais ce cœur plus ouuert
Vous monstre seulement, vn feu qu'il a couuert.
Il est vray que i'ay feint, mais il est equitable
De feindre quelquefois pour punir vn coupable.

ALCIONEE.

De quel estonnement frappez vous mes esprits?
Ie trouue donc la peine où ie cherchois vn prix,
Ie puis donc reprocher à ces yeux adorables,
Qu'en promettant des biens, ils font des miserables.
O Dieux! est-il possible, & dois-je enfin iuger,
Qu'auec tant de vertus la feinte ait pû loger?
Ha c'est vous offencer: mais ce regard farouche
Confirme à mon mal-heur, ce que m'a dit sa bouche;
Mon trespas est conclu, ma ruine luy plaist,
Et sa bouche & ses yeux en ont donné l'Arrest.
Ouy, Madame, il est vray, que ma main dereglée
Suiuit les mouuemens de mon Ame aueuglée;

I'ay chassé de chez vous le repos & la paix,
I'allumay ce grand feu qui brusla vos Palais,
On a veû par mon crime & couler & s'estendre
Des riuieres de sang, sur des pleines de cendre;
Enfin i'ay fait les maux qui troublerent vos iours,
Et qu'à mes cruautez reprochent vos discours.
Mais helas! s'il est vray que tout Amour extresme
Des crimes qu'il commet est l'excuse luy mesme,
Combien doit ma Princesse excuser mes forfaits,
S'ils partent d'vn Amour qu'on n'esgalla iamais?
Il est vray qu'ils sont grands; mais ils ont l'auantage
D'estre d'vn grand Amour, l'insigne tesmoignage.
Quoy qu'à mes passions reprochent mes riuaux,
Si i'auois moins aimé, i'aurois moins fait de maux.
Ie sçay que le passé me perd, me des-honore,
Mais pour vous posseder, i'aurois fait pis encore;
Pour obtenir vn bien si grand, si precieux,
I'ay fait la guerre aux Rois, ie l'eusse faite aux Dieux:
I'eusse renouuellé cette ancienne guerre,
Où le Ciel pour luy mesme eut besoin du Tonnerre,
Bref, pour vous acquerir par des soins assidus,
Si i'eusse eu des Estats, ie les eusse perdus.
Ainsi reconnoissez que ce cœur qui souspire
A recherché Lydie, & non pas son Empire;
Que i'aimay plus mes fers qu'vn Sceptre glorieux,
Et que ie fus Amant plustost qu'ambitieux.

Ainsi

Ainſi bruſlant pour vous ie vous ay ſouhaittée
Sans penſer aux grandeurs où vous eſtes montée;
Ou ſi mes paſſions m'en ont fait ſouhaitter,
Ie n'en ay ſouhaitté que pour vous meriter.
N'attribuez donc pas voſtre derniere peine
A mon ambition, à ma rage, à ma haine,
I'ay pleuré tous les maux que vous auez pleurez.
I'ay ſenty tous les traits que l'on vous a tirez.
Helas! quand vos ſubiets tomboient deſſous mes armes,
En reſpandant leur ſang ie leur donnois des larmes;
Et mon eſprit geſné receut les premiers coups
Que cette main contrainte a portez contre vous.
Enfin le ſeul Amour excita cét orage,
Par ſa ſeule chaleur s'enflamma mon courage;
Luy ſeul me conduiſit, luy ſeul me fit armer
Pour me faire obtenir ce qu'il me fit aimer.
Enfin ſi mes forfaits m'ont rendu redoutable,
Si ie ſuis à vos yeux vn obiect deteſtable,
Ce cœur, ce triſte cœur par l'Amour conſumé,
Au moins par ſon Amour merite d'eſtre aimé.
Mais que i'ay peu de ſens d'apporter pour excuſe
D'vn crime qu'on deteſte vn Amour qu'on accuſe!
Pour me repreſenter vn peu moins odieux
Que ne m'eſt-il permis de me peindre à vos yeux?
Helas ie le pourrois, on peut tout entreprendre
Quand la neceſsité contraint à ſe deffendre.
Ie me tairay pourtant, de peur que mon diſcours
Ne paroiſſe vn reproche auſsi toſt qu'vn ſecours,

Et pour ſauuer icy mon amour & ma gloire
I'appelle à mon ſecours voſtre ſeule memoire.
Ie ſçay bien que d'abord vous parlant contre moy
Elle ne vous peindra que fureur & qu'effroy ;
Mais ie ſçay qu'eſtant iuſte, il faudra qu'elle oppoſe
Aux maux que i'ay cauſez, les biens dont ie ſuis cauſe.
Elle vous fera voir que ce bras deteſté,
Vous a rendu l'eſclat qu'il vous auoit oſté ;
Elle vous fera voir que de vos auerſaires
I'ay fait à voſtre Eſtat des peuples tributaires ;
Que i'ay porté plus loin vos bornes & vos loix,
Et qu'entre vos ſubiets ie fais compter des Rois.
Souffrez donc qu'elle parle, ou s'il faut que mon crime
Ait laiſſé dans voſtre ame vn deſpit legitime,
Si vous me condamnez, ſi mon treſpas vous plaiſt,
Donnez, donnez le coup auſſi toſt que l'Arreſt.

LYDIE.

Ie ſçay que le remords ſuccedant à vos crimes
A tiré de vos mains cent exploits magnanimes ;
Ie ſçay qu'vn repentir vous remit à la Cour ;
Mais pour vn repentir vous doy-ie de l'amour ?
Qu'auez vous fait de grand que vous n'ayez dû faire,
Et qu'on n'ait reconnu par vn plus grand ſalaire ?
Vous eſtouffez les feux qui nous ont conſumez,
Mais vos ſeules fureurs les auoient allumez ;
D'vne plus douce main vous eſſuyez nos larmes,
Mais elles ont eſté des effects de vos armes ;

Vous auez repoussé nos ennemis iurez ;
Mais vos seuls attentats les auoient attirez.
Donc si vous dissipez ces mortelles tempestes
Que vostre ambition fit tonner sur nos testes ;
Donc si vous releuez ce que vous fistes choir
Apres tant de forfaits, ce fut vostre deuoir.
Mais enfin s'il est vray, que vos soings plus fidelles
Rendent à cét Estat mille beautez nouuelles ;
Si par vos seuls efforts on void mesme des Rois
Soumis à nostre Empire en attendre des Loix ;
Si vous auez rendu cét Estat redoutable ;
Si vous en auez fait vn Empire indomptable ;
Bref si vos actions ont asseuré ces lieux
Mesme contre les traits que décochent les Dieux,
Apres vostre reuolte, horrible & sans exemple
Le pardon qu'on vous donne est vn prix assez ample.

ALCIONEE.

He bien, oubliez tout, & gardez seulement
De mes impietez le triste sentiment ;
Oubliez qu'autrefois vostre cœur plus sensible
Ne fut pas à mes vœux vn Ciel inaccessible ;
Mais afin d'excuser vn mal-heureux Amant
Dont la triste presence est pour vous vn tourment,
Souuenez vous qu'vn Roy, vostre Pere & mon Maistre
Auiourd'huy deuant vous me permet de paraistre ;

Qu'il m'a promis les biens qu'on m'a vû desirer,
Et qu'en me promettant il m'a fait esperer.

LYDIE.

Chassez de vostre esprit cette esperance vaine
Qui nourrit vostre mal aussi bien que ma haine,
Et croyez que les Rois promettent vainement
Quand les Dieux-Rois des Rois resoluent autrement.
Mais ne vous vantez point que ce cœur plus sensible
Ne fut pas à vos vœux tousiours inaccessible:
Ouy, deuant que le crime eut noircy le renom
Qu'vne vertu trompeuse acquit à vostre nom,
Ce merite apparant qui vous rendit aimable
Vous rendit à mon ame vn obiect desirable;
Mais si ie vous aimay, ce m'est vn chastiment
De connaistre auiourd'huy que i'aimay laschement.
Vostre rebellion fut grande & redoutable,
Mais i'apprens auiourd'huy qu'elle m'est profitable,
Puis qu'apres des combats, si longs & si douteux
Elle me sert à vaincre vn amour si honteux.

ALCIONEE seul.

Tyrans de mon repos, haine, disgrace, enuie,
Acheuez de me perdre, & de m'oster la vie.

Fin du troisiesme Acte.

ACTE

ACTE IV.

SCENE PREMIERE.

ALCIONEE, ACHATE, CALLISTHENE.

ACHATE.

E mespris de Lydie est l'vnique vainqueur
Qui pouuoit aisément abatre vn si grand cœur.
Des puis ce coup fatal, ou plustost cét outrage
De sanglots seulement ont esté son langage.

ALCIONEE.

Non ie ne me plains pas de ce nouueau mespris
Qui pourroit esbranler les plus fermes esprits,
Ie me plains seulement d'vne cruelle feinte
Qui trompa si long temps vne amitié si sainte;
Cette feinte a nourry ce dangereux vautour
Qui passa dans mon cœur souz la forme d'Amour,
Et si i'y consentois, ce mespris fauorable
M'aideroit à dompter ce monstre impitoyable;
Mais helas il m'attaque, il m'impose des loix,
Et ie croirois faillir si ie m'en deffendois.
En vain contre l'Amour ma raison s'esuertuë,
Ie le nourris encore à l'instant qu'il me tuë;
Et si ie me pouuois empescher de mourir
Ce seroit seulement afin de le nourrir.

ACHATE.

En estouffant ce feu, faites voir qui vous estes,
Et mettez vostre amour au rang de vos conquestes.

ALCIONEE.

Ha cruelle Lydie, helas!

ACHATE.

Voyez,

ALCIONEE.

Helas!

Falloit-il differer l'Arrest de mon trespas?
Falloit-il si long temps à mes desseins contraire
Differer mal-gré vous vn coup qui vous doit plaire?
Si ma mort deuoit plaire à vostre œil irrité
Il falloit commander, & i'eusse executé,
Par cette seule main à ma perte engagée
Ie serois en repos, & vous seriez vangée,
Et si mes actions sont autant de forfaits,
Ce bras auroit puny les crimes qu'il a faits.
Mais helas vne feinte, vne feinte mortelle
Rend en la differant ma peine plus cruelle,
Et me gesne auiourd'huy sans flames & sans fers,
Plus que mille bourreaux & plus que mille Enfers.
Tout ce que des destins la haine redoutable
Peut employer au monde à faire vn miserable,
Tout ce que la fortune a de plus outrageux,
Tout ce que le Ciel mesme a de plus orageux,
Tout ce qui fait trembler ou d'horreur ou de crainte,
Mon esprit accablé le trouue en cette feinte.
O vous qui de mes maux, ô vous qui de mes soings,
Vous rendez auiourd'huy les sensibles tesmoins,
Amis également quand le Ciel me trauerse,
Quand il veut m'esleuer, & quand il me renuerse,
Voyez, voyez le Roy, connoissez ses desirs,
Voyez si sa faueur finira mes souspirs,
Ou si pour moy son Ame à la haine est ouuerte
Voyez-le pour le moins pour acheuer ma perte.

CALISTHENE.

Vn autre mieux que moy vous rendra ce deuoir.

ALCIONEE.

Quoy, vous m'abandonnez!

CALLISTHENE.

Ie manque de pouuoir.
Ie manque de remede à des peines si grandes,
Et les Rois souffrent peu d'importunes demandes.

ALCIONEE.

Quoy, vous m'abandonnez, & d'vn mot seulement
Vous me refuserez d'alleger mon tourment?
N'importe que le Roy fasse dessus ma teste
Ou tomber la Couronne, ou tomber la tempeste;
Allez, allez le voir, non pour me rendre heureux,
Non pour me retirer d'vn pas si dangereux;
Mais pour me faire voir qu'au milieu de l'orage,
Qu'au milieu des escueils où le destin m'engage,
Et que malgré le sort qui m'entraisne au trespas
De fideles amis ne m'abandonnent pas.

CALLISTHENE.

Que peuuent peu d'amis où tant de maux s'assem-
blent?

ALCIONEE.

ALCIONEE.

Beaucoup quand ils ſont vrays, peu quand ils vous reſſemblent.

CALISTHENE.

Lors qu'vn peu de raiſon vous ouurira les yeux,
Vous entreprendrez moins, & me cognoiſtrez mieux.

ALCIONEE.

Où cognoiſtrois-ie mieux vn amy legitime
Qu'en vne occaſion où le deſtin m'opprime?

CALISTHENE en s'en allant.

Ce deſtin qui vous perd, eſt voſtre paßion.

ALCIONEE.

Que d'horreur, que d'effroy, que de confuſion!
Ha! d'vn ſi lâche amy la noire perfidie
Ne me touche pas moins que celle de Lydie.
Cent fois en ſon mal-heur i'ay ſeruy cét ingrat,
Cent fois à ſon deſtin i'ay rendu de l'eſclat;
Et pouuant me monſtrer qu'vn amy nous conſole
Le traiſtre à mon ſecours refuſe vne parole.

SCENE II.

ALCIONEE, ALCIRE, ACHATE.

ALCIONEE.

Helas Alcire,

ALCIRE.

O Dieux! qu'auez vous?

ALCIONEE.

Plus de maux
Qu'il n'en sortit iamais des gouffres infernaux;
Et pour mieux me gesner, la fortune inhumaine
Fait seruir mes amis d'instrumens à ma peine.
Regarde de quels traits tu me trouues frappé,
Ie suis amant trahy, ie suis amy trompé,
I'ay, mais qu'aurois-ie encor, cher Alcire, il me semble,
Que quiconque a ses maux, a tous les maux ensemble.

ALCIRE.

Les coleres des Rois nous laissent peu d'amis.

ALCIONEE.

Qu'adioustez vous aux maux où ie me voy soubmis?
Quoy, le Roy consent-il aux desseins de l'Infante?

ALCIRE.

S'il les a resolus, il faut qu'il y consente ;
Il a loüé Lydie, & desia son courroux
A deuant cent tesmoins esclatté contre vous.

ALCIONEE.

O Dieux! chaque moment m'est vn moment funeste,
Ie trouue à chaque pas, ou la mort, ou la peste;
Mais contre cét assaut redouté tant de fois
Vn amy genereux a-t'il manqué de voix ?

ALCIRE.

I'ay parlé, mais en vain, l'amour fait vostre perte.

ALCIONEE.

Eust-il comme mon cœur ma sepulture ouuerte.
Que son feu violent n'a-t'il pû m'estouffer,
Et que n'est-il ma mort, comme il est mon enfer.
Quoy, ie perdray Lydie, & par vn Roy promise,
Et par mille trauaux à mon amour acquise ?
Donques à mon mal-heur les paroles des Rois
Ne seront plus pour eux d'inuiolables loix.
Cruelle nouueauté!

ALCIRE.

Sortez de cette terre
Où tant d'ennuys secrets vous declarent la guerre.

On reconnoistra mieux ce que vous meritez,
Quand on aura besoin de vos bras indomptez.

ALCIONEE.

Mais deuant ce depart, monstre moy si tu m'aimes,
Non pas en me plaignant de mes mal-heurs extresmes,
Non pas par des souspirs, qui ne sont bien souuent
Que d'vn amy trompeur vn signe deceuant:
Pour la derniere fois complaisant à ma flame
Voy le Roy, parle luy, penetre dans son ame,
Pour la derniere fois sçache son sentiment,
Afin que mon depart ait plus de fondement.

ALCIRE.

C'est trop vous hazarder.

ALCIONEE.

Hazarde il ne m'importe.

ALCIRE.

C'est vous perdre.

ALCIONEE.

Hazarde, où l'horreur est plus forte,
En l'estat où ie suis, me perdre c'est m'aider,
Et lors qu'on desespere on doit tout hazarder,

ALCIRE.

ALCIRE.

N'irritez point le Roy.

ALCIONEE.

Quoy donc tu me refuses !

ALCIRE

Ie pense vous seruir.

ALCIONEE.

Tu me sers ! tu t'accuses,
Tu monstres ta froideur.

ALCIRE.

Ie fay ce que ie doy.

ALCIONEE.

Doncques à ses amis on doit manquer de foy.

ALCIRE.

Songez enfin à vous ; des amours obstinées
Ne font pas meriter des filles couronnées,
Il faut auoir vn Throsne, où l'on fasse la loy,
Afin de meriter l'heritiere d'vn Roy.

ALCIONEE.

Dites que pour chasser de si noires tempestes
Il me faut des amis plus parfaits que vous n'estes.

Q

ALCIRE.

Cherchez donc autre part des amis si parfaits,
S'ils vous sont complaisans, ils vous sembleront vrais.

SCENE III.

ALCIONEE, ACHATE.

ALCIONEE.

Allez, allez ingrats, ames lasches & noires
Qui tenez vos grandeurs de mes seules victoires;
Amis dissimulez, foible & trompeur appuy,
Amis auec le sort, ennemis auec luy,
Si vous n'osez parler quand vn Roy me menace
Comment combattriez vous ma mort ou ma disgrace?
Pourriez vous hazarder vostre sang & vos iours,
Si mesme vous n'osez hazarder vn discours?
Il falloit, inhumains, que vous fussiez perfides
Puisque vous receliez des ames si timides.
Mais que dis-ie, insensé, croirois-ie que pour moy
Le destin de la Cour allast changer de loy;
Cette source eternelle, & de vents & d'orages,
Cette mer inconstante & fameuse en naufrages,
La Cour, pour dire plus, ayant beaucoup promis,
A-t'elle accoustumé de donner des amis?
Non, non, son inconstance a bien dû me resoudre

A souffrir constamment ce dernier coup de foudre.
Enfin tout m'abandonne, & dans cette rigueur
A peine ay-ie pour moy mon courage & mon cœur,
Encore dans ce cœur ay-ie vn feu detestable
Qui de mes ennemis est le plus redoutable.

ACHATE.

Suiuez d'vn faux amy le salutaire auis
Fuyez de ces attraits que vous auez suiuis.

ALCIONEE.

En vain ie sortirois de cette ingrate terre
Si ie porte par tout ce qui me fait la guerre.
La cause de mon mal est en moy seulement,
Ie me suis à moy mesme vn horrible tourment,
Si tu veux donc m'oster d'vne misere extresme,
Tu me dois enseigner à fuir de moy mesme.

ACHATE.

Essayez ce remede.

ALCIONEE.

Helas ie le voudrois;
Mais ie suis asseruy soubs de trop fortes loix.
Vn furieux amour me retient dans ses chaisnes,
Il oppose à ma fuite, & mes feux & mes peines,
Et malgré tes conseils, & malgré mes efforts

Par les liens du cœur il arreste mon corps.
Mais où pourrois-ie aller, où le Ciel plus facile
Dans mes aduersitez me gardast vn azile?
Ha! de quelque costé que ie tourne les yeux,
Ie voy des ennemis, ie voy des enuieux.
Helas! pour contenter cette aimable inhumaine
Ie me rendis par tout vn grand obiet de haine;
Selon ses passions, qui me furent des loix,
I'attaquay, ie vainquis, des peuples & des Rois.
Elle me voulut voir au milieu des tempestes,
Elle me demanda mille & mille conquestes,
Et i'eus bien moins de peine à monstrer des effets
Qu'il ne luy fut aisé de former des souhaits.
Mais en ce triste iour sa haine me fait croire,
Qu'elle voulut ma mort bien plustost que ma gloire,
Qu'elle aima les dangers où ie pouuois perir,
Et qu'enfin pour luy plaire, il y falloit mourir.
Où veux tu donc que i'aille? où i'ay porté la guerre?
Où mon bras a passé de mesme qu'vn tonnerre?
Et ruiné des Rois qui pourroient auiourd'huy
Donner à ma fortune vn fauorable appuy?
Ainsi sans y penser de moy mesme auersaire,
En me rendant vainqueur i'aidois à me deffaire,
Ie ruinois ma force en ceux que i'attaquois,
Et m'estois plus cruel qu'à ceux que ie vainquois.
O d'vn sort inoüy prodigieux exemple,
Qu'auec estonnement en moy seul ie contemple!
Pour auoir trop auant mes triomphes portez,
Pour

Pour auoir autrefois trop d'Estats surmontez,
Ie manque d'vn Estat, ie manque d'vne Ville
Qui puisse en mon mal-heur, me prester vn azile;
Enfin par vn desastre à moy seul destiné
Pour auoir trop vaincu, ie suis infortuné.

ACHATE.

Où le port vous attend, ne craignez point d'orages;
On respecte par tout les illustres courages,
Et la vertu charmante en tous euenemens
A par-tout des amis, & par-tout des Amans.

ALCIONEE.

Dures extremitez, où mon Ame est reduite!
Ie meurs par mon seiour, & ie meurs par ma fuite,
Helas! pourrois-ie viure absent de ces beautez
Qui sont pour moy des Dieux, mais des Dieux irritez?
Helas! pourrois-ie viure absent de cette ingratte
Dont mesme en me tuant la presence me flatte?
Quoy, ie fuirois des lieux où ie voy mes plaisirs!
Quoy, i'y demeurerois pour viure de souspirs!
Pour ceder laschement au mal qui me surmonte,
Pour voir mes ennemis glorieux de ma honte,
Et pour estre reduit à cette extremité,
De me voir outrager auec impunité!
Non, non, suiuons la voye où le destin nous pousse,
Par-tout, par-tout ailleurs ma mort sera plus douce;

Et i'auray moins de maux, & i'en souffriray moins,
Si ceux qui me les font n'en sont pas les tesmoins.
Mais de peur que le Roy me blasme, ou me soupçonne
Ie resous mon depart, & ie veux qu'il l'ordonne.

ACHATE.

S'il sçait l'art de regner, il vous arrestera.

ALCIONEE

S'il m'estime, s'il m'aime, il me le monstrera.

SCENE IV.

LE ROY auec Lydie. ALCIRE.
CALISTHENE.

ALCIRE.

O *Vy Sire, il veut partir.*

CALLISTHENE.

Et dans cette disgrace
Il semble qu'il murmure.

ALCIRE.

Il semble qu'il menace;

LE ROY.

Qu'il menace, qu'il crie, il n'est plus en estat
De faire apprehender vn second attentat.

CALLISTHENE.

Sire, il y faut penser, de genereux courages
Sont tousiours en estat d'exciter des orages;
Et le mal-heur des Rois, de tout temps a permis
Qu'vn bras qui se reuolte ait trouué des amis.

ALCIRE.

Desia, Sire, desia son murmure est vn crime,
Dont la punition est tousiours legitime.
Il veut enfin partir, & peut estre qu'il part,
Asseuré du secours qui l'attend d'autrepart.
Que sçait-on si desia par de sourdes pratiques,
Il ne trauaille point aux miseres publiques?
Que sçait-on si desia sa fiere ambition,
N'a point couué le feu d'vne rebellion?
Sire, il en est capable, & d'autant plus capable
Qu'on ne l'a point puny quand il estoit coupable,
On s'accoustume enfin à toute impieté
A force de faillir auec impunité.
Que cét ambitieux d'vne haute entreprise
Aux peuples subiuguez promette la franchise,
Auecques ce pretexte il les sousleuera,
Auecques cette amorce il les attirera,

Cette offre est vn appas, qui fait plus de rebelles
Que les faueurs des Rois ne font d'Ames fidelles,
Il faut donc y preuoir d'autant plus promptement
Qu'vn peuple subiugué se reuolte aisément.

LE ROY.

Nous luy sçaurons donner vne bride si forte
Qu'il sera malaisé que sa rage l'emporte.
Vous m'en donnez l'aduis, laissez m'en le soucy,
Il n'ira pas bien loin s'il part; mais le voicy.

SCENE V.

ALCIONEE, LE ROY.

ALCIONEE.

CE n'est plus cét amour, qui me rendit coupable,
Qui fait voir à vos pieds vn subiet miserable.
Ie ne viens plus icy vous demander vn prix
Pour qui tout l'Vniuers me seroit à mespris;
Mais comparant mon crime auec vostre iustice,
Ie viens prest à mourir, demander vn supplice;
Plus iuste en mes mal-heurs, qu'en ma prosperité
Ie viens vous demander ce que i'ay merité.
Il se tourne vers Lydie. *Helas! plus ie contemple vn bien si desirable,*
Plus ma temerité me semble punissable.
Non, non, ie ne viens plus sans respect & sans yeux
Demãder pour mõ prix, ce qui n'est deu qu'aux Dieux;
I'en

I'en laisse l'esperance à ces Dieux de la Terre
Qui se seruent du Sceptre ainsi que d'vn Tonnerre,
Et seray trop content de pouuoir adorer
Ce que de plus heureux auront droit d'esperer.
Ie confesse pourtant que cét amour extresme
Plus fort que ma raison, viura plus que moy mesme,
Ou que le desespoir venant à mon secours
Ne l'esteindra iamais qu'il n'esteigne mes iours.
Ce n'est pas que i'espere, helas! l'amour me reste
Pour estre dans mon cœur, vn vautour, vne peste;
Ne condamnez donc plus ce feu prodigieux
Qui m'esleuoit de Terre, & me portoit aux Cieux,
Pour le moins en ce point il se rend legitime
Qu'il fait mon chastiment, comme il a fait mon crime,
Il fait ce qu'il vous plaist, il ne m'est demeuré
Qu'afin de me punir d'auoir trop esperé.
Mais puisque du destin la fatale ordonnance
Vous fait si iustement detester ma presence,
Puis qu'enfin mes regards à regret supportez
Meslent de l'amertume à vos felicitez,
Souffrez que desormais l'infortune m'accable,
Que mon esloignement vous oste vn miserable,
Et que pour mon supplice, ou bien pour mon repos
Vn Sepulchre estranger puisse couurir mes os:
En l'estat où ie suis, coupable, & temeraire,
C'est la seule action par qui ie croy vous plaire.
Mais bien que de mon sort l'implacable courroux
M'enleue de vos yeux, & m'arrache de vous,

Sire, ne pensez pas que cette violence
Puisse aussi m'arracher de vostre obeïssance;
Ce me doit estre vn bien dans mon aduersité,
Que de vous conseruer de la fidelité.
Que si mes premiers iours pleins de haine & d'enuie
Peuuent faire douter du reste de ma vie;
Que si les actions qui partirent de moy
Impriment dans vostre ame vn soupçon de ma foy,
Sire, n'escoutez point la demande importune
Que vous fait auiourd'huy ma derniere infortune;
Mais armez contre moy vostre iuste rigueur,
Frappez iusqu'à la mort ce miserable cœur,
Faites choir dessus moy ces mortelles tempestes
Que les Rois font tomber sur les coupables testes,
Ie seray satisfait des rigueurs de mon sort,
Si i'obtiens mon depart, ou si i'obtiens ma mort.

LE ROY.

Allez où vos destins vous pourront satisfaire,
Et si vous m'en croyez, soyez moins temeraire.
Allez.

SCENE VI.

ALCIONEE seul.

ALlons, fuyons, & sortons de ces lieux
Où trop cruellement me poursuiuent les Cieux:
Mais helas! si le Ciel me declare la guerre,
S'il destine ma teste aux coups de son Tonnerre,
Helas! pour euiter de si rudes combats,
En quels endroits iray-ie où le Ciel ne soit pas?
Que resoudray-ie donc? ie suiuray cette enuie,
Ie fuiray; mais enfin ce sera de la vie,
Et ie sçauray passer auec vn noble effort
Des prisons de l'Amour, aux prisons de la Mort.
Accablé des ennuis où le Ciel me destine
Ie ne puis me sauuer que dessous ma ruine,
Et puis qu'il faut me perdre, & perir à mon tour,
Il faut laisser la vie où i'ay trouué l'Amour.
Cette affreuse Deesse en meurtres si feconde,
Que tout le monde fuit, & qui suit tout le monde,
La Mort qui tant de fois m'attaqua vainement
Est enfin mon secours & mon soulagement.
Ha! que son trait fatal, qu'vn coup de sa puissance
N'a-t'il à ses fureurs immolé mon enfance?
Pourquoy falloit-il n'aistre?& que de mon berceau
Le destin, qui me perd, na-t'il fait mon tombeau?

S ij

Ie n'eusse point acquis cette esclattante gloire
Que donne la vertu, que donne la victoire ;
Ie n'eusse esté ny craint, ny grand, ny renommé ;
Mais aussi, mais aussi ie n'eusse point aimé.
Que sert ce grand renom, quand l'ame infortunée
Par mille desplaisirs en Triomphe est menée ?
Ha ! que n'ay-ie pery quand de trompeurs attraits
Sembloient à mon Amour faire esperer la paix ?
Helas ! pour esprouuer la fortune meilleure
Ie deuois triompher & perir à mesme heure ,
Au moins i'eusse pery, redoutable, estimé ,
Et bien-heureux enfin de croire d'estre aimé.
Mais le sort, mais le Ciel, mais l'amour qui m'outrage
M'empescha de perir pour perir dauantage ;
Peris donc miserable , & qu'vne affreuse mort
Contente enfin l'Amour , & le Ciel , & le Sort.

ACTE V.

SCENE PREMIERE.

DIOCLEE, LYDIE.

DIOCLEE.

Ourquoy vous plaignez vous quand le Roy vous contente,
Et par de grands effets respond à vostre attente?
Redoutez vous encore un mal-heureux Amant
De qui le desespoir sera le chastiment?
Craignez vous que son bras fatal à cette Terre
Ne ramene chez vous le desordre & la guerre?
Et que sa passion ne l'arme une autre fois
Contre l'authorité dont il reçoit les loix?

LYDIE.

Helas!

DIOCLEE.

Que craignez vous?

LYDIE.

Helas te faut-il dire
Mes troubles, mes transports, ma honte & mon martire?
Te faut-il faire voir l'inconstance d'vn cœur
Vaincu dans le moment qu'il croit estre vainqueur?

DIOCLEE.

Ressentez vous encor cette premiere flame
Qu'vn merite apparant alluma dans vostre ame?
Conseruez vous encor vn reste d'amitié?

LYDIE.

Ie ne sçay, ie ne sçay; mais i'ay de la pitié.
Ie n'ay pû voir languir cét Amant déplorable
Souz le faix outrageux de l'ennuy qui l'accable,
Non ie n'ay pû le voir soubmis aux pieds du Roy,
Sans douleur, sans regret, sans trouble, sans effroy.
Son crime est à l'instant sorty de ma memoire
Pour y laisser regner son courage & sa gloire,
Et i'ay secrettement parlé contre les Dieux
Qui ne l'ont pas tiré d'vn sang plus glorieux.
Appelle ce transport, Amour, pitié, tendresse.
C'est celuy que ie sens, c'est celuy qui me presse,
Et ie confesse enfin que i'ay des sentimens

Qui passent la pitié qu'on a pour les Amans.
Toy qui connus mes feux & mon premier martire,
Qui sceus combien i'aimay, mais i'apperçois Alcire.

SCENE II.

LYDIE, ALCIRE.

LYDIE.

QVe voulez vous?

ALCIRE.

Ie croy vous deuoir iustement
Pour la gloire du Sceptre vn aduertissement.
On semble negliger le traistre Alcionée,
Mais s'il peut s'esloigner, Sardis est rüinée,
Il ne faut point douter qu'vn second attentat
Ne le perde luy mesme, ou ne perde l'Estat.
Ie pense qu'on doit craindre vn esprit temeraire
Lors que le desespoir allume sa colere,
Et qu'il est dangereux qu'il soit en liberté
Quand pour le bien public il doit estre arresté.
On l'obserue, il est vray, mais il ne faut point feindre,
Cependant qu'il est libre, il est encor à craindre,
Et les maux du passé sont autant de clairtez
Par qui l'on doit preuoir d'autres calamitez.
I'ay parlé, i'ay monstré, que le mal est extresme,
C'est à vous maintenant de parler pour vous mesme,

C'est à vous de combattre, & de representer
Que d'vn ambitieux on doit tout redouter.*

LYDIE.

Pensez vous que le Roy manque d'experience?
Qu'il ignore des Rois la sublime science?
Et qu'il soit moins instruit à preuoir le danger
Que prompt & diligent à nous en dégager?
Croire que d'vn grand Roy la prudence sommeille
Quand il faut qu'elle agisse, & qu'il faut qu'elle veille,
C'est luy faire vne iniure, & la faire à la fois
A cét esprit diuin qui conseille les Rois.

ALCIRE.

Bien souuent cét esprit qui conduit les Prouinces
Agit par les conseils qu'vn subiet donne aux Princes.

LYDIE.

Cét esprit Tout-puissant, ce grand appuy d'vn Roy
Pour les persuader n'a besoin que de soy.

ALCIRE.

On doit apprehender l'audace qui s'irrite.

LYDIE.

Elle s'irrite en vain quand la force la quitte.

ALCIRE.

Elle n'est pas sans force estant en liberté.

LYDIE.

LYDIE.

Elle perit enfin par sa temerité.

ALCIRE.

Mais, comme le Tonnerre, en tombant elle tuë.

LYDIE.

Le Tonnerre est tombé ; la crainte est superfluë.

ALCIRE.

Ce feu qui fut si grand n'est pas encore esteint.

LYDIE.

Il ne semble allumé qu'à celuy qui le craint.

ALCIRE

Bien souuent cette peur asseure des Prouinces.

LYDIE.

Vne peur mal fondée est la honte des Princes.

ALCIRE.

Elle ne manque pas d'vn iuste fondement.

LYDIE.

Il est iuste pour ceux qui craignent aysément.
Mais souffrez que le Roy sans l'aide de personne

Pour le moins auiourd'huy soustienne sa Couronne,
Et qu'il luy soit permis de monstrer vne fois
Qu'il sçait mieux qu'vn subiet la science des Rois.

ALCIRE.

I'en ay donc assez dit.

SCENE III.

LYDIE, DIOCLEE.

LYDIE.

QV'vne mortelle haine
Se couure d'vn beau voile en cette Ame inhumaine!
Lors qu'il veut m'inspirer la peur d'vn attentat
Il est plus enuieux que zelé pour l'Estat.
Au fonds du precipice il void vn miserable,
Et ce n'est pas assez si son bras ne l'accable;
Il le void dans l'oprobre, il en est le vainqueur,
Et n'est pas satisfait s'il ne perce son cœur.
Helas! bien que ie garde en mon Ame estonnée
Le sentiment des maux que fit Alcionée,
Ie ne sçaurois le voir dans de iustes mal-heurs
Que ce cœur qui le plaint ne luy donne des pleurs.
Peut estre croiras-tu qu'vne amitié peu sage
A ma confusion s'exprime en ce langage,

Et que ce premier feu qui me brusla pour luy
Excité par ses maux se rallume auiourd'huy:
Non, non, vn lasche Amour n'offence point ma gloire,
Mon courage en remporte vne illustre victoire,
Et si ie pleure enfin, ie pleure iustement
Vn Heros miserable & non pas vn Amant.
On peut plaindre sans honte, & mesme auec estime
Ce qu'on ne peut aimer, & sans honte, & sans crime.

DIOCLEE.

Si vous deuiez le plaindre, & luy donner des pleurs
Falloit-il procurer vous mesme ses mal-heurs?
Falloit-il iusqu'icy par d'amoureuses feintes
Preparer le tourment d'où procedent ses plaintes?
Deuiez vous luy donner cét espoir dangereux,
Dont la priuation le rend si mal-heureux?
Deuiez vous contre luy, d'vn Monarque seuere
Auec tant d'appareil exciter la colere?

LYDIE.

Te faut-il descouurir mes secrets sentimens?
Ou te faut-il plustost descouurir mes tourmens?
Te monstreray-ie encor, non, non: mais il n'importe,
Voy si l'honneur est fort, voy si l'Amour est forte,
Et combien l'on doit plaindre vn miserable cœur
Sur qui ces deux Tyrans exercent leur rigueur.

I'aymay, tu le sçais bien, i'aymay ce miserable,
Deuant que son Amour nous le rendit coupable,
Et ie doy confesser que i'ay pû me trahir
Puis qu'apres ses forfaits ie n'ay pû le haïr.
Voy, me disoit l'Amour, que sa fureur extresme
Est moins vne fureur qu'vne preuue qu'il t'ayme.
Mais, me disoit l'honneur, considere son sang,
Et luy compare enfin ta naissance & ton rang,
Monte dessus ton Throsne, & voy la populace
Peut-estre y verras tu la source de sa Race.
Mais (me disoit l'Amour, ce Dieu doux & charmant
Que i'escoutay tousiours plus fauorablement)
S'il n'est d'vn sang Royal il est bien manifeste
Qu'estant né vertueux, il est d'vn sang celeste,
Et que son grand courage esprouué tant de fois
Vaut bien cette grandeur qui fait regner les Rois.
Ainsi par deux Tyrans mon Ame poursuiuie
Leur cedoit tour à tour ma franchise & ma vie;
Ainsi i'estois esclaue & d'eux, & des ennuis,
Et maintenant encor ie ne sçay qui ie suis.
Enfin l'honneur plus fort que ma premiere flame
Apres mille combats commande dans mon Ame:
Enfin il est le Maistre, & c'est luy seulement
Qui s'oppose à l'espoir d'vn miserable Amant.
C'est luy qui me fait voir que l'Amour est ma honte;
C'est luy qui me combat, c'est luy qui me surmonte,
Et qui m'impose encor cette fatale Loy
Où

Ou de n'aymer iamais, ou de n'aymer qu'vn Roy.
Ainsi pour témoigner qu'vne amitié trop basse
Ne m'a point fait trahir la grandeur de ma race;
Par les feintes rigueurs d'vn mespris genereux,
Ie porte au desespoir vn Amant mal-heureux,
Ie le perds, ie le gesne, & me gesne moy-mesme,
I'ay honte de l'aymer, & cependant ie l'ayme:
Et quand ie l'ay priué de l'espoir de ses biens,
Aussi tost i'ay senty que ie m'ostois les miens.
Vaine & fiere grandeur, pour te rendre iustice,
Faut-il que ie trauaille à mon propre supplice?

SCENE IV.

DIOCLEE, LYDIE, THEOXENE.

DIOCLEE.

M*Ais voicy Theoxene, & son œil est en pleurs;*
Qu'a-t'elle?

LYDIE.

Qu'auez-vous, d'où viennent vos douleurs?

THEOXENE.

Ie sçay bien que mes pleurs vous sembleront coupables,
Mais ie croy qu'on en doit à tous les miserables;

Et que nous en deuons mesme à nos ennemis,
Qu'à des maux non communs le destin a soubmis.
Pardonnez donc, Madame, aux larmes volontaires
Que ie donne au plus grand de tous vos aduersaires;
Son sort qui les excuse est si prodigieux,
Qu'il en arrachera peut-estre de vos yeux.

LYDIE.

Que dites-vous?

THEOXENE.

I'ay veu.

LYDIE.

Qui donc?

THEOXENE.

Alcionee
Terminer dans son sang sa triste destinee.

LYDIE.

O Dieux! qui la tué?

THEOXENE.

Son courage, & son bras,
Ou plustost son Amour.

LYDIE.

O mal-heureux! helas!

THEOXENE.

En ſortant du Palais vn tranſport ſans exemple,
Pluſtoſt que ſon deſſein, le porte dans le Temple,
Son viſage eſt meſlé de rage & de douleur,
Et ſon proche treſpas paroiſt en ſa paſleur.
Là m'ayant apperceu, Helas! vient-il me dire,
La Princeſſe le veut, il eſt temps que i'expire.
Dy luy que le treſpas a pour moy des plaiſirs,
Non parce qu'il finit mes maux, & mes ſouſpirs,
Non parce qu'il me porte en vne paix profonde
Que ne troubleront plus les trauerſes du monde;
Mais dy luy qu'il m'eſt doux, & qu'il m'eſt glorieux,
Parce que ie ſçay bien qu'il doit plaire à ſes yeux.
A peine euſt-il parlé, qu'on void ſur ſon viſage
D'vn ſanglant deſeſpoir vne effroyable image:
Il tourne contre luy ce triſte & noble fer,
Qui l'ayda tant de fois à vaincre, à triompher,
Et ſe precipitant ſur ſa pointe inhumaine,
Execute, dit-il, ce que reſout ma Reyne.
Il tombe auec ſon ſang.

LYDIE.

Ne pût-on l'arreſter?

THEOXENE.

Il se frappa plustost qu'on ne s'en pût douter.
A l'instant le Roy passe, il void cette aduanture
Où le sort vsurpoit les droits de la Nature;
Et comme si l'aspect d'vn Prince genereux
Eust rappellé l'esprit dans ce corps mal-heureux,
Ses yeux desia tournez vers la mortelle barque
Ont donné de la vie vne derniere marque:
Ils s'ouurent lentement, & demeurent ouuerts,
Des ombres de la mort le Roy les void couuerts,
Et blasmant la rigueur de cette destinee,
Il mesle de ses pleurs au sang d'Alcionee.
Alors ce mal-heureux vers le Roy se tournant,
Sire, s'escriat-il, vous m'aymez maintenant,
Ma mort est auiourd'huy ma plus belle victoire,
Ie meurs auec horreur, mais ce n'est pas sans gloire,
Puis qu'en despit du sort qui me renuerse à bas,
Les pleurs d'vn grād Monarque honorent mon trespas.
Il demande aussi tost de vous reuoir encore,
On accorde ce bien au mal qui le deuore;
Et le Roy complaisant à ses derniers desirs,
Veut bien que vos regards soient ses derniers plaisirs.

LYDIE.

Helas! l'amene-t'on?

THEOXENE.

THEOXENE.

Ouy, Madame, on l'amene,
Et ie le croy desia dans la chambre prochaine.

SCENE DERNIERE.

ALCIONEE, LYDIE.

ALCIONEE.

IE la voy, cher Achate, approche-moy.

LYDIE.

Grands Dieux!
Quel spectacle d'horreur offrez vous à mes yeux?
O cruelle!

ALCIONEE se veut jetter aux genoux de Lydie.

Ha Madame, excusez ma foiblesse.
Iette moy, cher Achate, aux pieds de ma Princesse,
Soulage ainsi les maux que donne vn desespoir,
Et qu'au moins en mourant ie sois en mon deuoir.

LYDIE.

Non, non.

ALCIONEE.

Si i'ay vescu dessous vostre puissance,
Ie veux aussi mourir sous vostre obeissance:
Vous m'auiez commandé de viure, & i'ay vescu,
Vous m'auiez commandé de vaincre, & i'ay vaincu,
Aujourd'huy vos rigueurs ont demandé ma vie,
Mon bras obeyssant la donne à vostre enuie;
Heureux & satisfait dans mes aduersitez,
D'auoir iusqu'au tombeau suiuy vos volontez.
Mais puis que ce pouuoir qui fait nos destinees,
Veut de quelques momens prolonger mes iournees,
Souffrez que mon malheur consacre ces momens
A souffrir deuant vous mes derniers chastimens.
Mon espoir abusé, vos rigueurs & vos feintes
Ne seront point icy le sujet de mes plaintes:
Ie n'accuseray point vos celestes appas
D'auoir vers le tombeau precipité mes pas;
Mais puis que dans l'excez d'vn vol si temeraire,
Ce n'estoit qu'en mourant que ie pouuois vous plaire,
Ie me plains seulement & du Ciel & du sort,
Qui ne m'ont destiné qu'à souffrir vne mort.
Ha! c'est trop peu, Madame, & ma main criminelle
Doit au moins à vos yeux la rendre plus cruelle;
Iusques dedans mon sein elle doit trauerser,
Et deschirer ce cœur qu'elle n'a pû percer.

LYDIE.

O cruel ! empeschons, que fais-tu miserable ?

ALCIONEE.

Selon vos volontez ie punis vn coupable.

LYDIE.

Helas!

ALCIONEE.

N'empeschez point ce que i'ay commencé,
Ie rends, ie rends iustice à l'estat offencé.
Ie fus de vos mal heurs l'origine funeste,
Ie fus pour vostre Estat vne flame, vne peste,
Et par ce coup sanglant plein d'horreur & d'effroy,
Ie deuois vous ayder à vous vanger de moy.
Si l'on n'ayme vn Amant en ce desordre estrange,
Peut-estre aymerez-vous vne main qui vous vange:
Et voyant par mon sang accomplir vos souhaits,
Peut-estre direz-vous, meurs pour le moins en paix.
Quoy, Madame est-il vray que mõ sãg ayt des charmes
Capables maintenant de vous tirer des larmes?
Ha! si pour moy ces pleurs coulent à cét instant,
Que ma fin est heureuse, & que ie meurs content.

LYDIE.

Ha ! ne me flate point, traicte-moy de perfide,
Accuse ma rigueur comme ton homicide.

Et si ton bras conserue vn reste de vigueur,
Vange icy ton trespas, arrache-moy le cœur.
Fais seruir iustement les restes de ta vie,
A punir les rigueurs qui te l'auront rauie:
Satisfaits en mourant ton esprit outragé,
Et pour mourir en paix, tâche à mourir vangé.

ALCIONEE.

Les pleurs que vous versez me seruent de vengeance.

LYDIE.

Le sang que tu respands veut vne autre allegeance.

ALCIONEE.

En me donnant des pleurs, si vous m'auez vangé,
En me donnant des pleurs vous m'auez allegé.

LYDIE.

Ha! si ie t'ay trompé par des paroles feintes,
Peux-tu croire mes pleurs? peux-tu croire mes plaintes?
Cherche vn autre secours pour vanger tes mal-heurs;
Qui trahit par la voix, peut trahir par les pleurs.

ALCIONEE.

Ha! si vous auez feint, feignez, feignez encore,
Cette feinte adoucit le feu qui me deuore;
Ne des-abusez point mon esprit amoureux,
Puis qu'en mourant trompé, ie mouray bien-heureux.

LYDIE.

LYDIE.

Non, non, en ta faueur ie veux bien qu'on apprenne
Que i'ay feint seulement, quand i'ay feint de la haine,
Et ie doy detromper ton esprit amoureux,
Puis qu'en mourant trompé, tu mourrois mal-heureux.

ALCIONEE.

Ie mourray bien-heureux, si ma mort peut vous plaire.

LYDIE.

Me crois-tu maintenant barbare & sanguinaire?
Me crois-tu si cruelle entre ceux de mon rang,
Que pour me contenter, il me faille du sang?
Helas! si tu le crois, ton amour offencee
Te vange, & me punit auec cette pensee.
O deplorable objet d'vn iniuste desdain!
Ce ne fut pas ce cœur qui te fut inhumain,
Cette vaine grandeur dont le Ciel fait ma peyne,
Ce fut cette grandeur qui te fut inhumaine.
Ha combien ay-ie dit en te desesperant,
Que ne suis-ie moins grande, ou que n'est-il plus grand?

ALCIONEE.

Ie sçay bien que ce cœur fut vn cœur temeraire,
A qui le Ciel deuoit vn supplice exemplaire:
Aussi ne veux-ie point coniurer vos appas,
Qu'au moins vn traict d'amour honore mon trespas.

Non, non, ſouuenez-vous du triſte Alcionee,
C'eſt là l'vnique bien que veut ſa deſtinee,
Il le peut demander, il le peut obtenir,
Car ce n'eſt pas l'aymer que de s'en ſouuenir.

LYDIE.

Que tu demandes peu! mais tu ſçais par tes peynes
Qu'on doit peu demander aux ames inhumaines;
Tu ſçais bien: mais helas! il expire, il eſt mort,
Et ſelon ſes deſirs, ſon naufrage eſt ſon port.
Helas! on l'accuſoit, ie l'accuſois moy-meſme
De n'auoir de l'amour que pour le Diadeſme;
Helas! ie l'accuſois comme vn ambitieux
Digne des chaſtimens de la terre & des Cieux;
I'ay cru qu'il aſpiroit au throſne de mon pere,
Mais par le ſang qu'il verſe il prouue le contraire:
Ie voy par ſon treſpas ſon amour eſclaircy,
Et les ambitieux ne meurent pas ainſi.
O toy que ton amour a rendu miſerable,
O toy que ta vertu pouuoit rendre adorable,
Ie ne t'accuſe point du coup de ton treſpas,
I'impoſe à ma rigueur le crime de ton bras;
Mais ſi ma ſeule feinte iniuſte & criminelle
Arma contre ta vie vne mort ſi cruelle,
C'eſt en fin vn Arreſt & du Ciel & du ſort,
Que pour mon chaſtiment ie t'ayme apres ta mort.

FIN.

Extraict du Priuilege du Roy.

PAr grace & Priuilege du Roy, donné à Paris le 13. d'Auril 1640. Signé, Par le Roy en son Conseil, DE MONÇEAVX, il est permis à PIERRE DVRYER, de faire imprimer par tel Imprimeur, ou Libraire que bon luy semblera, vne Piece de Theatre de sa Composition, intitulée ALCIONEE TRAGEDIE, durant le temps de cinq ans entiers & accomplis, à compter du iour qu'elle sera acheuée d'imprimer. Et deffences sont faites à tous Imprimeurs, Libraires, & autres, de contrefaire ladite piece, ny en vendre ou exposer en vente de contrefaictes, à peine de trois mil liures d'amande, de tous ses despens, dommages & interests, ou de ceux ayant droict de luy en vertu des susdites Lettres, ainsi qu'il est plus amplement porté par lesdites Lettres, qui sont en vertu du present Extraict tenuës pour bien & deuëment signifiees, à ce qu'aucun n'en pretende cause d'ignorance.

Et ledit Sieur DV RYER *à cedé & transporté le Priuilege cy-dessus datté, à* ANTOINE DE SOMMAVILLE, *Marchand Libraire à Paris, pour en joüyr durant le temps y mentionné, & ce suiuant l'accord fait & passé entr'eux.*

Acheué d'Imprimer le 26. d'Auril 1640. les exemplaires ont esté fournis suiuant le Priuilege.

www.ingramcontent.com/pod-product-compliance
Ingram Content Group UK Ltd.
Pitfield, Milton Keynes, MK11 3LW, UK
UKHW020201200726
13856UKWH00003B/1134